Complete Mage

컴플리트 메이지

컴플리트 메이지 1

김현우 퓨전 판타지 소설

초판 1쇄 찍은 날 § 2012년 9월 19일
초판 1쇄 펴낸 날 § 2012년 9월 24일

지은이 § 김현우
펴낸이 § 서경석

편집부장 § 권태완
편집책임 § 어정원
디자인 § 이혜정

펴낸곳 § 도서출판 청어람
등록번호 § 제1081-1-89호
등록일자 § 1999. 5. 31
어람번호 § 제1-1459호

주소 § 경기도 부천시 원미구 심곡2동 163-2 서경B/D 3F (우) 420─822
전화 § 032-656-4452 팩스 § 032-656-4453
http://www.chungeoram.com
E-mail § chungeorambook@daum.net

ISBN 978-89-251-3010-1 04810
ISBN 978-89-251-3009-5 (세트)

Complete Mage

컴플리트 메이지

FUSION FANTASY STORY

김현우 퓨전 판타지 소설

1

도서출판

청어람

CONTENTS

프롤로그

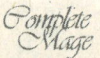

"제기랄."

문득 내가 처한 상황이 스치자 허탈한 웃음이 흘러나왔다.

주변을 둘러보았다.

고층 빌딩과 아스팔트 도로, 그리고 분주히 걸어가는 사람
들.

다정하게 걸어가는 연인이 있는가 하면, 용무가 있는 건지
바삐 걸어가는 사람도 있다.

수많은 사람 속에 포함되어 걷고 있는 나는 평범한 시민에
지나지 않았다.

그들도 각자의 고민이 있을 테지만 나 자신이 가장 불행하

다고 여기는 것은 인간이란 게 어쩔 수 없이 이기적이란 걸 반증한다.

"하지만 이제 끝이지."

내 시선은 손에 들린 태블릿 PC로 향해 있었다. 3년 전에는 최신형 기기에 속했지만 지금에 이르러서는 구형 모델에 지나지 않았다.

하지만 이 기기 속에는 3년의 내 땀이 고스란히 묻어 있었다. 그것이 눈에 들어오자 어려웠던 시기가 머릿속을 스쳐갔다.

간단하게 말하면 배신이었다.

그것도 사랑하는 여자에 의한.

남들이 으레 겪는 실연이라고 할 수 있지만 그 대가는 컸다.

그녀에 의해 찬란하게 펼쳐졌던 내 앞날은 암흑의 구렁텅이로 떨어졌으니까.

지금도 생각하면 이가 저절로 갈렸다.

"값비싼 경험을 겪었다고 생각하면 돼. 그럼 되겠지."

하루도 편히 자본 적이 없을 만큼 고난의 나날이었다.

이제 그 시간이 다 끝났다고 생각하니 전에 없던 관용이 생겨날 정도였다.

길을 걸으면서도 나의 눈은 태블릿 PC를 향해 고정되어 있었다.

오늘 일을 끝으로 자유의 몸이 된다.

지난 3년 동안 집에 있는 시간은 물론 이동 시간마저도 일에 할애해야 했던 나의 하루하루는 창살 없는 감옥과 다를 바 없었다.

그 생활을 청산하고 내가 번 돈을 내 뜻대로 사용하며 자유롭게 살아갈 수 있다는 것이 중요했다.

"이제 마지막⋯⋯."

맡은 일의 마지막 단계만 남았다.

전송 버튼을 누르면 잠시 후, 돈이 입금될 것이고 나는 더이상 사채업자에게 속박된 삶을 살아가지 않아도 된다.

모든 것이 끝이라고 생각하니 당장에라도 움직일 것 같던 손이 덜덜 떨렸다.

"이제 널 생각하고 싶지도 않다."

배신과 함께 거액의 빚을 남기고 떠나간 전 여자 친구를 저주하며 버튼을 눌렀다. 전송 완료 칸이 뜨자 무겁게 느껴지던 어깨가 비로소 홀가분하게 여겨졌다.

"잘 먹고 잘살아라. 기왕이면 벼락이나 맞았으면 좋겠군. 하, 하하하!"

이곳이 어디인지 자각할 틈도 없이 웃음이 터져 나왔다.

끝났다. 다 끝난 것이다.

지긋지긋하게 날 괴롭히던 사채업자와 마주할 일도 없고, 더 이상 돈 한 푼 쓰는데 손을 벌벌 떨어야 할 일도 사라졌다.

주변에서 날 미친놈처럼 바라봐도 상관없었다.

지금 이 순간만큼은 모든 것을 놓아버린 걸 자축하며 그저 웃고 싶었다.

[정말 벼락을 맞고 싶나?]

"……!"

뇌리로 울리는 목소리에 정신이 번쩍 드는 걸 느꼈다.

황급히 주변을 둘러보았다.

그곳에는 날 이상한 눈초리로 바라보는 사람들밖에 없었다.

아니, 애초에 귀가 아닌 머릿속에서 울려 퍼지는 목소리였다.

[다시 한 번 묻지, 벼락을 맞고 싶나?]

"하! 일을 다 처리했더니 이젠 정신이 이상해진 건가. 나도 참 복 없는 녀석이군."

생각해보면 지난 3년을 어떻게 버텨왔는지 스스로 생각해도 신기할 지경이었다.

미쳐도 이상하지 않을 만큼 말이다.

하지만 지금 기분은 내 스스로의 상태를 웃으며 넘길 정도로 좋았다. 나는 헛웃음을 흘리며 말했다.

"그렇구다. 기왕이면 특대 벼락이었으면 좋겠군."

[그렇군. 그 정도는 어렵지 않지.]

온화한 음성은 사람의 마음을 편안하게 만드는 마력을 품고 있었다.

환청이 아니란 걸 깨닫자 나는 내가 미친 게 아닐 수도 있다는 걸 깨달았다.

영화를 보면 가끔씩 영적인 것을 접하고 초능력자가 되는 경우도 있지 않던가? 지난 3년간의 고생은 나로 하여금 새로운 능력을 부여했을 수도 있는 일이었다.

만약 환청이 아니라 실존하는 무언가라면 내 소원은 이루어질 것이고, 지금쯤 날 배신하고 희희낙락하며 살아갈 여자친구에게는 벼락이 떨어졌을 것이다.

"그랬으면 참 좋겠군."

아니어도 상관없다. 하지만 그랬을 수도 있다는 상상은 나로 하여금 즐겁게 만들었다.

그 순간 나는 세상이 금빛으로 물들면서 눈앞에 섬광이 번쩍이는 걸 느낄 수 있었다.

꽈광! 꽈르릉!

전신이 걷잡을 수 없이 떨려온다.

지금 이게 무슨 상황이란 말인가.

가장 비슷한 경험이 뇌리를 스치고 지나간다.

어린 시절, 물 묻은 손으로 콘센트를 잡았다가 나도 모르게 전기가 올랐던 기억.

그때와 비교할 수 없을 정도로 강렬했지만 이는 틀림없는 감전의 느낌이다.

'아니 왜 나한테······?'

내가 바란 건 날 배신하고 빚을 떠안겨준 여자 친구에게 벼락이 떨어지는 것이었다.

뭔가 잘못되었다는 걸 느끼며 나는 정신을 놓고 말았다.

멀쩡한 대낮에 날벼락을 맞은 오진웅은 빚을 모두 갚은 그날, 세상을 떠나고 말았다.

제1장
그곳에서도 행복하지 않다

흐려졌던 정신이 수면 위로 천천히 떠오르기 시작했다.

뿌옇던 세상이 밝아짐을 느끼자 예의 목소리가 뇌리에 울려 퍼졌다.

[괜찮나?]

[어, 어떻게 된 거죠?]

이 어리둥절한 상황에 진웅은 황당함이 담긴 목소리로 말했다.

아니, 정확하게 말하면 육성이 아니었다. 그가 하고 싶은 말이 마치 파문을 일으키는 것처럼 주변으로 퍼져 나갔던 것이다.

생전 처음 겪는 경험에 고개를 휘휘 돌리니 백발성성한 노인이 시야에 들어왔다.

노인의 생김새는 특이했다.

동양과 서양을 혼합한 듯한 이목구비에 긴 백발과 수염이 곱게 길러져 있었다.

진웅이 특이하다고 여긴 것은 마치 서양 중세 영화처럼 마법사 차림을 하고 있는 복장 때문이었다.

[일어났군. 특별한 이상은 없어. 내 작업은 틀리지 않았군.]

[뭐가 어떻게 돌아가고 있는 겁니까?]

[일단 저길 보겠나?]

노인의 손짓에 아래로 시선을 옮긴 진웅은 기겁을 했다. 그곳에는 자신이 죽은 듯 쓰러져 있었던 것이다.

대체 이게 무슨 상황이란 말인가!

지긋지긋하게 괴롭혀 오던 빚을 모두 갚고 마침내 찾은 자유였다.

그제야 벼락 맞았던 순간을 떠올리며 따지고 나섰다.

[뭐예요! 지금 이게 어떻게 된 거예요? 설명하라고요!]

[난 자네의 소원을 들어줬을 뿐이라네.]

[소원이라고요? 이런 개 같은! 난 내가 아니라 날 배신한 여자 친구, 아니 그년이 벼락 맞길 바랐던 것입니다!]

[그런가? 내가 실수를 했군.]

천연덕스러운 노인의 행동에 진웅은 더욱 열이 뻗쳤다.

자유를 갈망하며 3년 동안 이를 꽉 물고 해왔던 일들이 수 포로 돌아갔다고 생각하자 참을 수가 없었다.

[젠장! 빌어먹을! 내가 어떻게 빚을 다 갚았는데. 날 다시 돌려놓으십시오. 돌려놓으라고 이 영감탱이야!]

칼자루를 쥐고 있는 것이 명백했지만 진웅은 이성을 잃고 소리쳤다.

[일단 진정하게. 천천히 이야기를 풀어가야 하니.]

노인의 말에 화를 내던 진웅은 허탈해져서 주저앉았다. 허 공을 둥둥 떠다니고 있었지만 그런 것을 생각할 여유 따위는 없었다.

[자네는 오늘 죽을 운명이라네.]

[지금 그 개소리를 나보고 믿으란 겁니까?]

[아니라 생각해도 부인할 수 없는 사실이지. 저걸 보겠나?]

노인이 아래를 가리키자 그곳으로 시선을 옮긴 진웅의 표 정이 형편없이 구겨졌다. 어느새 두 남자가 구경꾼들을 물리 치고 자신에게 다가왔던 것이다.

진웅이 그들의 얼굴을 잊을 리 없다.

빚을 받기 위해 자신을 집요할 정도로 따라다녔던 사채업 자들이었으니까.

[저들은 처음부터 자네를 놓아줄 생각이 없었다네. 일반인 이 갚기 불가능한 빚을 불과 3년 만에 갚은 능력은 그들로서 도 탐이 날 테니까.]

[······.]

진웅은 머릿속이 혼란스러웠다.

사채업자들의 집요함이야 이미 알고 있는 사실이었다. 하지만 이렇듯 자신을 미행하면서 쫓아다닐 줄은 몰랐다.

빚을 갚아나감에 따라 차츰 행동에 대한 제약이 줄어들었고, 거의 다 갚은 시점이 되자 자유로이 움직일 수 있었다.

[···그래도 제가 죽을 운명이란 건 믿을 수 없습니다.]

[그럴 테지. 그럼 이걸 보겠나?]

노인이 가볍게 손을 젓자 허공에서 그래프 표가 나타났다.

과학적으로 설명이 불가능한 노인의 묘기였지만 진웅은 경계심을 풀지 않았다.

허허로운 웃음을 지은 노인이 그래프를 가리켰다.

[인간에게는 고유의 운명이 존재하는 법이지. 그것을 바꿔나가는 일은 후천적인 노력이라네. 본래 자네는 창창한 앞날이 보장되어 있었지. 뛰어난 실력을 지니고 있었으니. 하지만 마가 끼면서 모든 게 뒤바뀌어 버렸지.]

그래프 표는 23이라고 표기된 부분에서 두 갈래로 나뉘었다. 0부터 시작된 푸른 선은 23이 넘어가자 급격한 하향세를 그려나갔다. 반대로 23에서 색이 바뀐 붉은 선은 상승 곡선을 그리고 있었다.

[지난 3년 동안 무슨 일이 있었는지 정확하게 모르나 자네는 평생 동안 발휘해야 할 모든 것을 끌어냈지. 인간의 한계

는 놀라운 힘을 발휘하나 그것은 필연적으로 후유증을 동반하는 법. 자네는 그것을 깨버렸기에 운명 또한 바뀐 거라네.]

[믿을 수 없습니다.]

[믿기 힘들 테지. 하지만 엄연한 사실이란 걸 알아야 하네.]

격하게 반응을 하고 있었지만 진웅은 노인의 말이 사실일 수도 있다고 생각했다.

생전 처음 보는 그가 보인 것들은 하나같이 과학으로 설명하기 힘들었다.

비현실적인 현상을 자신이 가진 지식으로 풀어나가는 것은 불가능한 일이다.

[하, 그래서 지금 그 말은 제가 꼼짝없이 죽어야 한다는 말입니까?]

[후천적으로 바뀐 운명은 얼마든지 바꿀 수 있지. 하지만 자네의 운명은 지난 3년 동안 너무나 많이 기울어졌어. 기력이 쇠한 노인에게는 흔한 감기마저도 충격이 큰 것처럼 말이지.]

[그런 말을 하면 제가 쉽게 믿을 수 있다고 생각하는 건 아니겠지요?]

[자네가 믿지 않는다 한들 이미 운명의 수레바퀴는 돌아가고 있다네. 내 말을 부정해도 바뀌는 것은 없을 테지. 모든 것은 자네가 결정하기 나름이라네.]

[……]

노인의 탄식에 진웅은 표정을 굳혔다.

그가 거짓을 말하는 게 아니란 걸 느끼고 있기에 반박하기 힘들었다.

하지만 3년의 고생 끝에 찾은 자유를 박탈당한 것과 갑작스럽게 당한 황당한 상황들은 쉬이 인정하기 힘들게 만들었다.

혼란스러운 상황 속에서 자신의 몸을 사채업자들이 업고 이동하는 것을 볼 수 있었다.

벼락을 맞았지만 상처 하나 없이 멀쩡했기에 사람들은 의심하지 않고 비켜주었다.

[저들을 쫓아갈 수 있습니까?]

[그 정도는 어렵지 않지.]

가볍게 손을 젓자 몸이 천천히 이동하기 시작했다.

사채업자들은 근처에 주차해 놓은 차에 탑승한 뒤 이동했다. 목적지는 진웅에게 익숙한 그들의 사무실이었다.

노인의 도움으로 안에 들어서자 사채업자들이 나누는 대화 소리를 엿들을 수 있었다.

"웃기는군! 마른하늘에 벼락을 맞아 죽어? 지금 그게 말이 된다고 생각하나?"

"하, 하지만 두 눈으로 똑똑히 보았습니다."

"이렇게 시체로 나타났으니 별수없군. 아직 좀 더 이용할 구석이 많은 녀석이었는데."

"계획이 어긋난 거 아닙니까?"

"쯧, 제법 머리를 굴렸는데 아쉽게 됐어."

안타까워하며 그들이 나누는 대화는 충격적이었다.

빚을 다 갚으면 깨끗이 털고 나올 수 있으리라 생각했지만 사채업자들은 처음부터 진웅을 곱게 놓아줄 의도가 없었다.

진웅은 국내에서 손꼽히는 프로그래머였다.

어디에도 속하지 않은 채 뛰어난 실력을 지니고 있었기에 붙들어놓고 부려먹을 계획을 세워놓고 있었다.

"만약 회유되지 않으면 어떻게 하실 생각이었습니까?"

"별수있나? 우리가 쓰지 못한다면 망가뜨려서 폐기처분하는 수밖에."

[……]

서늘한 미소를 짓는 사채업자를 보며 진웅의 마음은 덜컥 내려앉았다.

그들의 대화가 끝났을 무렵, 거듭되는 충격으로 인해 패닉에 빠져 있었다.

[이제 내 이야기를 들을 준비가 되었는가?]

[모든 걸 알고 계셨습니까?]

[그건 아니라네. 난 단지 자네의 운명을 엿봤을 뿐.]

[운명을 엿본다는 말은 믿기가 힘듭니다.]

[하지만 엄연한 사실이기도 하지. 자네와 내가 만난 것 또한 운명일 터. 화려하지만 죽음으로 도달하는 강렬한 불꽃이

날 불러냈으니.]

노인의 말에도 불구하고 진웅의 표정에는 변화가 없었다.

거듭되는 충격은 큰 파장을 일으켰지만 빠르게 정신을 수습했다.

세상의 모든 것이라 생각했던 여자 친구에게 배신을 당하고, 자유를 되찾겠다는 일념 하에 운명을 불태워 버렸다.

이런 비과학적인 현상과 혹독한 현실은 이미 그를 평범하지 않게 만들었다.

[원하시는 것이 무엇입니까?]

[그게 무슨 말인가?]

[세상에 이유 없는 호의는 존재하지 않는다는 걸 깨달았습니다. 내게 원하는 게 있으니 이렇게 장황하게 말을 늘어놓는 것 아닙니까?]

[들켰군. 허허!]

겸연쩍은 표정을 지은 노인이 미소를 지으며 고개를 끄덕였다.

자신이 속한 '족속' 들은 체면을 가장 중요하게 여긴다.

눈앞의 청년에게 얻는 것 이상 해줄 게 있었지만 아쉬운 소리를 해야 하는 것은 자신이었다.

응당 용건을 먼저 꺼내야 했다.

[자네도 느끼다시피 이러한 현상들은 이 세계에 있어 일어날 수 없는 것들이지.]

[대충 짐작은 하고 있습니다.]

[나는 이 세계와 다른 곳에서 왔다네.]

이어지는 노인의 이야기는 마치 영화에서 나올 법한 것들
이다.

그가 속한 세계에는 마나라는 것을 활용한 마법이 존재했
고, 그것을 탐구하는 자들을 마법사라 칭했다.

전투, 실용, 보조 등 수많은 마법을 연구하는 마법사들이
있으며, 자신은 공간 이동을 전문적으로 연구하는 마법사라
했다.

[내가 이 세계에 오게 된 것은 실력도 실력이거니와 운도
작용했기 때문이지. 본격적으로 세계의 일원이 되고 싶지만
고유의 식별 코드가 없는 이상 이렇게 영혼 상태를 유지하는
것이 고작이라네.]

시간이 흐를수록 세계의 불순물인 자신은 소멸할 수밖에
없었지만 노인은 그 사실을 숨겼다.

유리할 만한 것은 언급하고, 불리한 것은 언급하지 않는다.

노인의 이야기에 빠져든 진웅은 어느새 저도 모르게 몰입
한 상태였다.

[자네의 운명은 이미 끝났지만 그것을 재활용할 수 있는 방
안은 있지.]

[무슨 뜻입니까?]

[나와 거래를 하지 않겠나?]

뜬금없는 말을 던진 노인은 진웅에게 거래를 제안했다.

그가 말하는 바는 간단했다.

운명의 끝을 달리고 있지만 진웅은 이 세계의 일원으로서 고유의 코드를 지니고 있다. 노인은 그 코드를 바탕으로 이 세계의 '불순물'에서 '일원'으로 진입하겠다는 이야기였다.

즉, 코드를 팔라는 뜻이었다.

진웅의 입장에서 용납할 수 없는 제안이었다.

[그럼 난 이대로 죽으란 것입니까?]

[아니, 그건 아닐세. 대신 자네에게 그에 상응하는 보답을 주도록 하지.]

노인은 차분한 어조로 먼저 진웅이 이 세계에서 다시 살아 갈 수 없는 이유에 대해 설명했다.

고유 코드에 접속해서 일원으로 인정받을 수 있는 역량을 지닌 것은 노인이며, 이대로 살아나면 '오진웅'이라는 청년 이 아닌 오진웅의 고유 코드를 지닌 사람이 이 세계에 환생한 다는 뜻이었다.

결국 진웅에게는 아무런 쓸모도 없어졌지만 노인에게는 이 세계의 일원이 될 수 있는 귀중한 자원이란 것이었다.

[……]

이야기를 들으면서 진웅은 가슴이 답답해졌다.

노인의 말이 진실인지 거짓인지 자신은 분간할 능력이 없 었다.

부탁하는 형태로 자신에게 말을 하고 있지만 알아들을 수 없는 내용이 절반을 훌쩍 넘기고 있었다.

무엇보다 짜증나는 건 스스로 선택할 수 있는 방법은 결국 하나뿐이란 것이다.

[제게 무엇을 해줄 수 있단 말입니까?]

[자네에게 새로운 삶을 주도록 하겠네.]

[방금 전까지 안 된다고 하지 않으셨습니까?]

[그렇지. 하지만 그 범위는 어디까지나 이 세계일 뿐. 다른 세계라면 자네는 충분히 새로운 삶을 살 수 있다네.]

혹시나 하는 마음이 있었지만 노인의 말은 충격적이었다.

눈을 크게 뜬 그를 향해 노인이 말을 덧붙였다.

[자네는 내 벼락을 맞으면서 영혼이 온전한 형태로 보존되어 있지. 차원의 문을 열어 세계를 이동한다면 고유 코드에 맞춰 새로운 육체에 안착할 수 있을 걸세.]

[어느 육체로 갈 수 있을지 선택권은 없다는 것이로군요.]

[때로는 복불복일 때가 흥미로울 수 있는 법이지.]

[남 이야기일 땐 모르겠지만 제 이야기다 보니 흥미롭지는 않군요.]

운이 나쁘면 다 죽어가는 늙은 몸에 안착할 수 있다는 뜻 아닌가.

진웅의 걱정을 눈치채기라도 한 듯 노인이 웃으며 말했다.

[자네가 걱정해야 할 것은 늙은 육체가 아니라 주변 환경일

테지. 내가 육신을 버리고 옮긴지 얼마 되지 않았기에 고유
코드로 이동을 하면 어린아이의 몸에 안착할 수 있을 걸세.]

[그렇습니까?]

어린아이를 달래듯 부드러운 음성에 진웅은 차츰 경계심
이 사라지는 걸 느꼈다.

이미 이 세계에 대한 미련은 상당 부분 사라진 상태였다.

사채업자와 얽혀 살더라도 좋지 못한 꼴을 볼 것이 뻔했다.
그렇다면 미친 척하고 노인의 말을 믿어보는 것도 나쁘지 않
다는 데 생각이 미쳤다.

[자네에게 손해가 되는 것은 없을 걸세. 이는 나 바르슈 겔
트라인이 보증하는 바라네.]

[알겠습니다. 한 번 믿어보도록 하죠.]

[후회하지 않을 걸세.]

환한 빛이 자리하며 전신을 감싸는 것이 느껴졌다.

진웅은 눈을 감았다.

눈앞의 마법사 말이 사실일지 아닐지 불안함은 여전했지
만 한편으로는 기대감이 생겨났다.

새로운 세상, 새로운 삶.

자신 앞에 펼쳐진 것은 무엇일까.

나른해지는 기분과 함께 정신이 아득해지기 시작했다.

"개 같은 선택이었지."

사나운 기세가 담긴 목소리에 음식을 옮기던 하녀가 몸을 떨었다.

새로운 세계의 사람인 하녀가 한국말을 알 리 없다.

인상을 찌푸린 그가 손짓을 하자 고개를 숙인 뒤 황급히 방을 벗어난다.

고개를 돌려 창밖의 풍경에 시선을 고정한 그는 비집고 흘러나오는 한숨을 참지 못했다.

사기꾼 영감의 마법으로 새로운 세상에 오고 육체의 나이가 어느덧 열 살이 되었다.

그의 말마따나 고유 코드인지 뭔지 하는 것이 올바르게 입력이 된 듯싶었다. 정신을 차렸을 때 자신은 두 살이었고, 고풍스러운 집안을 보아 잘사는 곳이란 걸 알 수 있었기 때문이다.

하지만 손해 보는 것은 없을 거란 노인의 말은 지금 눈앞에 있다면 멱살을 틀어쥐고 싶을 만큼 어긋나도 단단히 어긋났다.

"뭐? 손해되는 게 없어?"

씩씩거리며 그는 빵을 뜯었다. 간소하기 그지없는 식사였으나 일반 평민들은 맛보기 힘든 부드러운 것이었다.

타고난 신분이나 외모 등은 합격점이었다. 오히려 전생의 것보다 월등하여 한동안은 마법사의 제안을 받아들인 게 최고의 선택이었다고 자부했다.

그러나 그 기쁨은 채 일 년도 가지 않아 자신의 선택은 최악의 악수였다는 걸 인정할 수밖에 없었다.

타고난 외모나 가문은 좋았으나 가정 환경은 최악이었던 것이다.

자신은 사생아였다.

유서 깊은 가문의 백작은 아버지였으나 어머니는 그저 스쳐 지나가는 여인에 불과했다. 술에 취해 아이를 배게 되었고, 그것이 자신이었다.

그래도 책임감이 있는 아버지는 자신을 받아들였으나 문제는 정식 백작부인의 아들이 이 년 후, 아들을 출산했다는 것이다.

정통성은 백작부인의 아들에게 있으니 자신의 존재가 껄끄러울 수밖에 없었다.

그때부터였다.

세 살 때부터 목숨의 위협을 받으며 근근이 목숨을 이어나가야 했다.

주변에 힘이 되어주는 이는 아무도 없었다.

평민 출신인 어머니는 자신을 낳으면서 유명을 달리했고, 주변에 자리한 사람은 온통 백작부인의 사주를 받은 사람들이었다.

의지할 곳조차 없고, 하루하루 백작부인의 독수에서 살아남아야 했다.

그래도 견뎌낼 수 있었던 것은 백작부인이 내부로 자객까지 들이지 못해서였다.

근근이 열 살까지 살아오면서 느낀 것은 차라리 사채업자들에게 쫓기는 게 훨씬 편할 것 같았다.

"하긴, 평민으로 태어나는 것보다 나은 것일지도."

그것이 유일하게 안도하는 바였다.

서양의 중세 역사와 흡사한 형태를 띠고 있는 이 세계는 신분의 벽이 얇은 듯하면서도 두터웠다.

평민이 높은 신분을 얻기 위해서는 극소수의 가능성을 뚫고 올라서야 했다.

그럴 바에야 귀족 가문 출신인 것이 낫다고 여겼지만 이는 정도가 심한 감이 없지 않았다.

한 번 외출을 했을 때 본 평민의 삶은 알고 있는 것보다 훨씬 참혹한 것이었다.

그렇게 되지 않은 것이 다행이라 여겼지만 불만이 모두 가시는 건 아니었다.

인상을 찡그린 채 볼을 긁적이던 그가 걸음을 옮겼다.

"이러고 있을 때가 아니지."

오늘도 살아남기 위해 자신은 부지런히 움직여야 했다.

새로운 세상에 태어나면서 그는 리즈라는 이름을 얻었다.

대 플레이드 백작가의 장자였지만 실상을 들여다보면 아

무런 실권이 없는 사생아에 지나지 않았다.

백작부인의 마수에 노출된 리즈는 살아남기 위해 발버둥을 쳐야만 했다.

처음에는 욱하는 마음이 들기도 했다.

자신은 그저 가만히 있을 뿐이었다.

조용히 살고자 하는 자신에게 마수를 드리우다니!

거센 반항심이 들고, 그것은 곧 행동으로 옮겨지려고 했지만 얼마 지나지 않아 현실의 벽을 체감할 수 있었다.

사생아란 타이틀은 어지간한 것으로 극복하기 힘든 난관이었다.

이를 극복하기 위해서는 남들보다 압도적으로 뛰어난 모습을 보여야 했다.

하지만 이것이 얼마나 어리석은 행동인지 리즈는 잘 알고 있었다.

이미 저번 삶에서 경험하지 않았던가.

남들보다 월등히 뛰어남은 결국 시기를 불러일으킬 뿐이다.

자신이 뛰어난 재능을 선보여 후계자 자리를 차지하더라도 남는 것은 상처뿐인 영광일 터였다.

"조용히 살면서 힘을 기르자."

그가 선택한 것은 백작부인의 눈에 벗어나지 않은 채 자신의 삶을 즐기는 것이었다.

아침 식사를 마친 뒤 리즈는 아버지인 플레이드 백작에게 인사를 갔다.

아들이긴 했지만 리즈를 대하는 그의 태도에는 가족 간의 살가움이 묻어나오지 않았다.

"계속 그럴 생각이더냐."

"무슨 말씀이신지?"

"모르면 되었다. 너도 가문의 피를 이었으니 제 몫을 해야 할 것이다."

가문 내에서 리즈의 평가는 그리 좋지 못했다.

검술로 일가를 이룬 플레이드 가문의 자제는 어린 시절부터 의무적으로 검을 익혀야 했다.

다행인지 불행인지 리즈는 검술에 별다른 재능이 없었다. 또한 본인도 두각을 드러낼 생각이 없었기에 수련을 빼먹은 채 놀러 다니기 일쑤였다.

플레이드 백작은 그 부분을 탓하지 않았다. 리즈가 뛰어난 재능을 선보였다면 가문의 후계 구도는 복잡하게 꼬였을 터. 하지만 그의 재능은 평범을 달리고 있었기에 오히려 분란의 소지를 막을 수 있었다.

"예, 물론입니다."

"되었다, 나가봐라."

무뚝뚝한 그의 축객령에 고개를 숙인 리즈가 밖으로 나왔다.

"후우, 정말 친아버지 맞아?"

가볍게 숨을 몰아쉬며 툴툴거리며 걸음을 옮겼다.

언제 보아도 플레이드 백작은 아버지처럼 여겨지지 않았다.

자신의 피를 이은 아들에게 어찌 한 번 감정조차 보이지 않는 것일까. 전생에도 고아였기에 내심 가족의 정을 기대했던 그로서는 이래저래 불만일 수밖에 없었다.

"그래도 자주 모습을 보일 수밖에."

플레이드 백작에게 잘 보이기 위함이 아니다.

그에게 자주 모습을 보이는 것은 행여 자신에게 기대를 가질까 싶어 그 기대를 없애기 위함이다.

한 줌의 기대마저 모두 날려버릴 때, 비로소 자신은 편해질 수 있을 것이다.

거대한 저택을 둘러본 리즈는 부지런히 걸음을 옮겼다.

플레이드 백작부인은 도도한 미모를 지닌 여인이었다.

명문 귀족가 출신인 그녀는 자신이 낳은 아들보다 먼저 태어난 리즈를 눈엣가시처럼 여겼다.

쌀쌀 맞은 그녀의 태도에 아랑곳하지 않고 리즈는 미소를 지으며 인사를 건넸다.

"인사드리러 왔어요, 어머니."

"용돈이 부족해서 찾아온 것이냐?"

"그게 그러니까……."

멈칫하는 리즈의 행동에 백작부인은 눈가를 찌푸리며 곁에 있던 하녀에게 눈짓을 했다.

두둑한 무게가 느껴지는 주머니를 받아들자 그의 표정이 환해졌다.

"감사합니다, 어머니!"

"인사를 마쳤으면 돌아가라!"

"네!"

고개를 꾸벅 숙인 뒤 방을 나서는 리즈의 모습을 백작부인은 한참 동안 노려보다가 한숨을 내쉬었다.

날카로운 그녀의 성격상 반드시 제거해야 할 아이를 눈앞에 두고 감정을 누그러뜨리는 것은 어려운 일이었다. 하지만 지금은 강경책보다 유화책을 사용할 때였다.

이미 리즈의 재능이 평범 이하에 불과하다는 것은 익히 알려진 상황이었다.

그로 인해 장자계승을 원칙으로 하며 리즈를 지원하려고 했던 가신들이 실망한 상황이었지만 방심하기에는 일렀다.

검술을 포기한 그가 다른 방면에서 두각을 드러낼 수 있기에 백작부인은 넉넉히 용돈을 안겨다 주며 망나니가 되도록 유도하고 있었다.

그녀의 예상대로 많은 돈을 받은 리즈는 사흘에 한두 번 꼴로 저택 밖으로 나가 물 쓰듯 돈을 사용하고는 돌아왔다.

그것은 곧 플레이드 백작의 실망을 사고, 가문 가신들의 실망을 샀다.

"칼스가 후계자가 될 때까지 살려두겠어."

백작부인은 일을 복잡하게 만든 리즈를 향해 살기를 숨기지 않았다.

"후우!"

살얼음판을 걷는 기분에 리즈는 한숨을 내쉬었다.

백작부인을 만날 때마다 등이 축축하게 젖을 정도로 긴장하고는 했다.

그녀 딴에는 유화책을 사용한다고 생각하겠지만 당사자인 그의 생각은 달랐다.

얼굴을 마주할 때마다 싸늘하게 압박해 오는 살기는 숨이 턱턱 막힐 지경이었다.

그녀 자체가 두려운 것은 아니었다.

하지만 명문가를 등에 업은 것과 당장 거리낌없이 자신을 죽이려 들 수 있는 독심은 리즈를 질리도록 만들었다.

그렇기에 몸을 납작하게 낮출 수밖에 없었다.

살아남기 위해, 그리고 준비를 갖추기 위해서 말이다.

"이런 광대놀음도 얼마나 해야 할는지."

생각만 해도 답답해졌다.

다른 사람들이 동경하는 명문 가문에 태어났지만 사생아

인 자신은 가문의 기강을 무너뜨리는 골칫덩어리 그 이상 그 이하도 아니었다.

그 점을 떠올린 리즈는 가슴이 답답해져 옴을 느꼈다.

이런 감정을 풀어내는 것은 외출뿐이었다.

그의 발걸음은 저택 밖으로 향하고 있었다.

플레이드 백작가는 왕국 중남부에 위치한 대가문이다.

드넓은 토지에서 나오는 소출은 왕국에서 손에 꼽힐 만큼 풍부했고, 남부 지방과 왕도로 이어지는 관문 역할을 했기에 막대한 양의 수입이 쏟아졌다.

수많은 상인이 오가는 곳이기에 자연스럽게 도시가 발전하게 되었다.

왕국의 각종 물자가 모여들어 먹을거리가 다양했다.

리즈는 혼자 밖으로 나왔다.

그의 곁에는 아무도 존재하지 않았다.

처음에는 가문의 호위병이 함께했지만 일주일에 서너 번꼴로 밖에 나오자 더 이상 따라붙지 않았다.

시장으로 걸음을 옮기자 수많은 상인들의 물건 파는 모습이 눈에 들어왔다.

리즈는 시장 곳곳을 두리번거리며 여러 가지 물건을 구입했다.

각종 군것질거리와 어린아이의 눈을 현혹시키기에 충분한

잡동사니들이었다.

이는 다분히 도시 곳곳에 깔린 가문의 눈을 의식해서였다.

점심을 먹을거리로 채운 뒤 부지런히 발을 놀려 시장을 벗어났다.

그의 걸음이 멈춘 곳은 허름한 건물이었다.

경비를 서고 있던 경비병이 리즈를 알아보고 고개를 숙이며 인사했다.

"어서 오십시오, 도련님."

"안으로 들어가도 되지?"

"물론입니다."

도시 내에서 리즈는 제법 유명했다.

일주일에 서너 번 등장하는 그가 플레이드 백작의 자제라는 것은 이미 널리 알려진 상태였다.

매번 등장하여 적지 않은 돈을 뿌리니 그럴 수밖에 없다.

경비병의 안내에 따라 상단주의 사무실에 도착한 리즈는 곧장 안으로 들어갔다.

그곳에는 삼십대 초반의 갈색 머리 사내가 요란하게 코를 골며 자고 있었다.

점심시간이 훌쩍 지났음에도 잠에 빠져든 그를 본 리즈는 한숨을 내쉬었다. 고약한 술 냄새가 코끝을 강하게 자극하고 있었다.

"에휴, 그럼 그렇지."

약속을 하고 찾아왔지만 매번 이런 식이었다.

사내에게 다가간 리즈는 그의 몸을 붙잡고 거칠게 흔들기 시작했다.

"일어나."

"으음!"

"일어나라고. 약속해놓고 안 지키는 상인이 어디 있어!"

리즈의 고함에 인상을 찡그린 사내가 게슴츠레 눈을 뜨다가 나지막한 목소리로 말했다.

"무, 물!"

"아 씨!"

한껏 짜증이 치밀어 올랐지만 꾹 억누르며 탁자 위에 놓인 물병을 건네주었다. 그것을 받아든 사내가 허겁지겁 물을 마시더니 숨을 몰아쉬었다.

"후! 살았다. 고맙다, 꼬마!"

"꼬마는 무슨! 뭐 이런 약속도 안 지키는 인간이 다 있어! 거래 끊을까?"

"아차차, 그럼 안 되지. 안 되고말고!"

리즈의 고함에 사내가 고개를 젓더니 자리에서 일어났다.

부스스한 몰골을 한 그는 속이 쓰린지 인상을 구기며 배를 붙잡았지만 리즈는 전혀 개의치 않은 채 의자를 빼어 앉았다.

입맛을 다신 사내 또한 맞은편에 앉았다.

아니꼬운 눈으로 노려보던 리즈가 한마디했다.

"그러니 여자 좀 작작 만나."

"뭐, 뭐?"

"척 보니 척인데. 어제 여자 끼고 술 마셨지? 작작해. 그러다 죽어."

"하, 하하! 그건 또 어떻게 알았냐?"

"여자 향수 냄새가 진동하는데 모를 리가 있나?"

"어린 녀석이 발랑 까져 가지고는."

불만스럽게 중얼거렸지만 리즈는 전혀 개의치 않고 품속에서 책 한 권을 꺼내들었다.

그것을 본 사내는 언제 투덜거렸냐는 듯 눈을 반짝였다.

"오! 드디어 완성됐나?"

"내가 약속 어기는 거 봤어?"

"철두철미하다는 건 알았지만 워낙 촉박한 일정이어서 말이지. 한 번 봐도 되나?"

"돼. 그러라고 가지고 온 거니까. 대신 내가 원하는 건 구해놨겠지?"

"물론! 나는 약속에 살고 약속에 죽는 신용 철저 상인이다!"

방금 전 약속 시간까지 퍼져 있던 모습을 보면 결코 믿음이 가지 않는 말이었다.

하지만 그도 책상 서랍에서 책 세 권을 꺼내들자 리즈가 미소를 지으며 자신이 쥐고 있는 것을 내밀었다.

사내가 내민 책을 받아든 리즈는 제목을 살폈다. 〈3서클 마법서〉라고 적혀 있는 책은 그가 몇 달 동안 구하고자 했던 책이었다.

이 세계는 소설처럼 마나가 존재하고 마법이 존재하는 신기한 세계였다.

스스로 검에 재능이 없다는 걸 깨달은 리즈는 검이 아닌 마법을 익히고자 했다.

하지만 가문 내에서 그것을 구하면 백작과 백작부인의 귀에 들어갈 것이 분명했다.

리즈는 그것을 원치 않았기에 외부에서 마법서를 구한 것이다.

두 사람은 서로에게 받은 책을 보느라 여념이 없었다.

먼저 탄성을 터뜨린 것은 사내였다.

"크, 역시 기대를 배반하지 않는군."

"당연한 거 아냐? 내가 언제 실망을 끼친 적이 있나?"

"세상 그 누구도 이 명작을 쓴 게 열 살짜리 귀족 망나니라고 생각하지 못하겠지."

"매일 술 마시고 하루에 여자를 여럿 끼고 노는 상인이 이렇게 신용이 좋으리란 것도 모르겠지."

"하여간 한마디도 안 지는군, 안 져. 그럼 계약서를 작성할까?"

"언제나처럼."

리즈의 말에 사내는 고개를 끄덕이며 미리 준비해둔 계약서를 꺼내들었다.

펜을 들어 서명하는 그를 보면서 사내는 기이한 감정을 느꼈다.

언제 보아도 신기한 녀석이었다.

도시 내에서 눈앞의 꼬맹이 평가는 최악이었다.

백작가 장자임에도 불구하고 벌써 돈맛을 들여 물 쓰듯이 한다고 알려졌다.

될 성부른 나무는 떡잎부터 알아본다고, 대부분의 사람들은 리즈를 보면서 혀를 차고, 다음 대 백작에 적합하지 않다고 생각했다.

사내 또한 그러한 평판을 듣고 있었지만 삼 년 전 처음 보는 순간 뭔가 다르다는 걸 느꼈다.

어리지만 눈빛에 흔들림이 없었다.

도저히 일곱 살짜리 아이라고 볼 수 없었다.

또한 그 속에는 외로움이 깃들어 있었다.

그러자 호기심이 생겨났다.

도대체 어떤 녀석이기에 저런 눈을 하고 있는 것일까.

귀족 자제와 상인이라는 신분 차이가 존재했지만 개의치 않고 접근했다.

그리고 대화를 나누면서 친해질 수 있었고, 상인이었던 그는 망나니 귀족에게서 일생일대의 기회를 얻을 수 있었다.

인원도 적고, 규모도 작은 상단이었지만 순수익만큼은 도시 내에서 세 손가락 안에 꼽힐 정도로 성장할 수 있었다.

"왜?"

빤히 바라보는 것을 느낀 리즈가 묻자 사내는 어깨를 으쓱였다.

"내가 어떻게 이 복덩이와 친해졌는지 신기해서."

"복덩이는 무슨. 서로 상부상조할 뿐이야."

계약서를 챙겨든 그는 자리에서 일어났다. 사내는 그 모습을 보면서 아쉬운 표정으로 입맛을 다셨다.

"다 컸으면 술 한 잔이라도 할 텐데 말이야."

"난 이제 열 살이라고? 다음에도 잘 부탁해."

"아아!"

"난 당신을 믿어, 라파드."

누가 그를 망나니라 생각할까.

라파드가 보는 리즈는 웅크리며 때를 기다리는 잠룡이었다.

제2장

내일을 위한 준비 과정

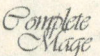

마법서를 얻은 것은 큰 수확이었다.

흥겨운 기분에 리즈는 자주 들르는 식당에서 호화스럽게 음식을 시켜 마음껏 먹은 뒤 저택으로 복귀했다.

어린 나이 때부터 커진 이러한 씀씀이는 사람들이 그를 망나니라 부르며 손가락질하게 만들었지만 전혀 개의치 않았다.

사람에게는 각기 살아가는 방법이 있고, 당장 목숨이 위태로운 그로서는 지금 이 방법이 최선의 선택이었다.

"그래도 목숨의 위협은 느끼지 않았는데."

사채업자에게 쫓길 때도 갚을 능력이 있었기에 목숨의 위협까지 받은 적은 없었다.

하지만 이 세계에서는 권력과 밀접한 관련을 맺고 있기에 자칫 잘못하면 그대로 목숨을 잃을 수 있었다.

저택으로 돌아온 리즈는 곧장 방으로 향했다.

안으로 들어온 뒤 품속에서 꺼낸 마법서를 읽기 시작했다.

빠른 속도로 읽히는 마법 수식.

복잡하기 그지없는 내용이 머릿속을 어지럽혔지만 꾹 참았다.

검술에 재능이 없는 자신에게 마법이야말로 살아남을 수 있는 유일한 방법이었다.

낮은 단계로 인식되는 3서클 마법이었지만 공격용부터 시작하여 보조, 치료 계열 등 여러 갈래로 나뉘어 있고, 공격용에서 대인, 범위 등 각양각색의 분야가 존재했다.

공격용 마법을 훑어보는 것만으로도 시간이 훌쩍 지나갔다.

머릿속에 수식을 풀어놓은 리즈는 자기도 모르게 한숨을 내쉬었다.

"이러면 뭐하나, 정작 마법조차 익히지 못하는데."

그러면서 그는 눈을 감고 정신을 집중했다.

일견하기에는 명상하는 것처럼 보였지만 실상은 달랐다.

잠시 후, 전신에 은은한 푸른빛이 감돌기 시작하더니 허공에 직사각형의 물체가 나타나기 시작했다.

질량보존의 법칙을 무시한 현상이었지만 리즈는 익숙한 손놀림으로 그것을 쥐었다.

"이게 내 유일한 구명줄이지. 누가 알았을까? 태블릿 PC가 나와 함께 넘어올 줄은. 그건 아마도 사기꾼 영감도 몰랐을 거야."

처음 환생했을 때 리즈는 자신이 처한 상황에 극도의 우울함을 느꼈다.

언제 어떻게 죽을지 모르는 하루살이 인생은 결코 그가 원하던 것이 아니다.

모든 것을 포기하려던 차, 그에게 한 줄기 광명이 비쳤으니, 그것은 다름 아닌 태블릿 PC의 등장이었다.

그는 전생에 뛰어난 프로그래머였고, 사채업자들에게 빚을 갚아야 하면서 각종 PC들을 다루었으나 가장 관계가 깊었던 것이 태블릿 PC였다.

지하철을 타고 이동하면서, 심지어 버스를 타고 이동하면서까지 작업을 처리하기 위해서는 휴대용 PC가 필요했고, 그는 태블릿 PC를 개조하여 일을 처리하는 데 힘썼다.

빚을 갚기 위한 삼 년의 시간 동안 태블릿 PC는 한 몸과 다름이 없었던 것이다.

영혼만 이동하여 환생했으리라 생각한 리즈는 태블릿 PC의 등장 이유를 한동안 고민했다. 그리고 마침내 태블릿 PC가 자신과 함께 차원 이동한 이유를 알 수 있었다.

"사기꾼 영감은 나더러 영혼을 이동시켜주겠다고 했어. 내가 그 개고생을 하면서 태블릿 PC를 어느새 내 영혼의 일부와 같다고 생각해버린 거지."

사기꾼 영감도 생각지 못한 부분이고, 리즈 또한 생각도 못한 괴사였다.

하지만 태블릿 PC의 등장은 이 막막한 상황을 타개할 수 있을지도 모른다는 생각을 하게끔 했다.

잔뜩 고취되어 태블릿 PC 탐방에 나섰지만 희망은 얼마 지나지 않아 절망으로 바뀌고 말았다.

어떠한 현상인지 몰라도 자신이 태블릿 PC를 불러낼 수 있는 시간은 극히 짧았다.

뿐만 아니라 한 번 불러내면 극심한 체력 소모 현상을 겪어야 했다.

"이제 그 이유를 알게 되었지, 다름 아닌 마나였다는 것을."

어린 시절 태블릿 PC를 불러내면서 엄청난 체력 소모 현상을 겪었다.

그것이 다른 사람이 보기에는 잔병치레가 많은 것처럼 보였다.

백작부인이 자신을 건드리지 않는 이유 중 하나가 잔병치레로 인한 연약해 보이는 이미지 때문이다.

어떤 이유인지 몰라도 태블릿 PC를 불러오고 전원을 켜기 위해서는 마나가 필요했다.

자신은 마나연공법을 익히지 않았다.

백작가 비전이기도 하지만 검술에 재능이 없는 것으로 판명되면서 플레이드 백작은 자신에게 마나연공법을 전수하지 않았다.

체내에 존재하는 기본적인 마나로 태블릿 PC를 불러올 수 있는 시간은 하루에 한 시간 정도에 불과했다.

그 이상 소환하면 체력에 막대한 소모를 불러 일으켰다.

"제약이 많긴 하지."

비단 제약은 그뿐만이 아니었다.

여기서 한 시간 동안 전원 상태를 유지할 수 있는 것은 모든 기능을 꺼놓은 채 가장 에너지 소모가 적은 것을 실행했을 때였다.

태블릿 PC는 최고의 프로그래머였던 전생의 자신이 개조해놓은 만큼 무궁무진한 능력을 품고 있었다.

하지만 자신이 실행할 수 있는 기능은 가장 에너지 소모가 적은 텍스트 파일뿐이었다.

실행할 수 있는 것이라고는 다운 받아놓았던 소설뿐이란 것에 절망하던 리즈는 생각을 달리하게 되었다.

자신이 태블릿 PC에 저장해놓은 텍스트 파일 중에는 재미있게 보고 저장해 놓은 소설들이 많았다.

문득 자신의 전생과 현생의 세계가 다르다는 것을 깨달은 리즈는 머릿속에 섬광이 스쳐 지나갔다.

세상은 달라졌지만 살아가는 사람은 크게 다르지 않았다.

텍스트 파일 중에는 과거에 집필된 명작들이 많았다.

그것을 활용한다면 이름을 얻는 것이 충분히 가능하리라 생각되었다.

그때부터 하루에 한 시간 동안 정해놓은 책을 보면서 옮겨 적기 시작했다.

난관이 없던 것은 아니다.

언어 자체가 달랐기에 표현력부터 시작하여 문장 구조와 단어 선택 등 여러 가지 문제점이 불거졌다.

이 점을 깨닫고 도서관으로 향한 뒤 각종 인문고전을 익히면서 부족한 점을 채워야 했다.

그 후, 완성된 초판을 들고 여러 상단과 접촉을 했지만 쉽지 않았다.

이미 망나니라 알려진 것은 별개로 하더라도 아직 어린아이에 불과한 자신을 동등한 거래 대상으로 대우하는 이는 없었다.

어떻게든 한몫을 붙잡으려고 했고, 조삼모사의 방식으로 바보 취급하기 일쑤였다.

그 속에서 라파드를 만난 것은 행운이었다.

부하의 배신으로 어려움에 처했지만 그의 상단은 탄탄한 배급망을 자랑했다.

무엇보다 리즈의 마음에 든 것은 어린 자신을 동등한 거래 대상으로 우대해 줬다는 것이다.

이 세계는 인쇄술이 발달했기에 자신이 새로 옮겨 적은 작품이 호응을 얻으면서 널리 퍼져 나가기 시작했다.

첫 작품이 출간된 지 삼 년이 지난 지금, 총 세 개의 작품으로 떠오르는 소설가라는 이름을 얻고 있었다.

"보물이 있어도 사용할 수 없으니 답답할 뿐."

플레이드 백작이 아무 이유 없이 마나연공법을 전수해줄 리 없고, 라파드를 통해 얻으려고 해도 제대로 된 것이 있을 리 없다.

자신이 할 수 있는 것은 그저 마법 수식을 풀어 태블릿 PC 메모장에 저장을 해놓는 것뿐이다.

언젠가 자신이 마법을 시전할 수 있을 때 풀어놓은 수식은 힘이 될 수 있을 테니까.

아무것도 할 수 없는 무능력자 입장에서 리즈는 오늘도 분발하고 있었다.

저택 분위기가 어수선했다.

가장 측근이라고 할 수 있는 사람 하나 없는 리즈는 저택 내에서 눈뜬장님이라고 해도 과언이 아닐 만큼 소식이 어두웠다.

그러다 보니 저택 내 분위기가 어수선해도 무슨 일이 벌어지고 있는 것인지 알아차리지 못했다.

이상함을 감지했지만 그는 개의치 않고 백작부인의 거처로 향했다.

리즈가 방 안으로 들어설 때 백작부인은 책을 읽고 있었다.

그를 본 그녀는 깜짝 놀란 표정을 지으면서 책을 덮고 날카롭게 눈을 치떴다.

북풍한설이 몰아치는 느낌에 리즈는 몸을 움찔 떨었다.

"무슨 일이지?"

"그게, 그러니까……."

말끝을 흐리는 그를 보며 백작부인의 눈꼬리가 높게 치켜 올라갔다.

"벌써 용돈이 떨어졌다고?"

"…네!"

"하아!"

한심한 리즈의 행태에 백작부인은 한숨을 숨기지 못했다.

그가 이렇게 망가질수록 그녀가 바라는 대로 상황은 진행된다.

하지만 그 행태를 지켜보고 있자니 인상이 일그러지는 것은 어쩔 수 없는 현상이다.

"책은 마음의 양식이다. 적어도 제 몫을 하려면 이제부터라도 책을 읽는 습관을 들이도록."

그녀가 책을 보여주었다.

"……."

그것을 본 리즈의 표정이 기괴하게 일그러졌다. 그에 아랑 곳하지 않고 백작부인은 그에게 용돈을 건네주고 나가보라 일렀다.

인사를 건넨 뒤 밖으로 나온 리즈는 헛웃음을 짓고 말았다.

"책은 마음의 양식이라고?"

백작부인이 읽고 있던 책.

그것은 다름 아닌 자신이 출간한 로맨스 소설이었다.

저택 내 부산한 움직임은 쉬이 가실 기미가 보이지 않았다.

의아함을 느낀 그는 하녀에게 캐물어본 결과 놀라운 사실 을 알 수 있었다.

플레이드 백작가와 남부에 위치한 그론델 후작가 사이에 전쟁이 벌어진 것이다.

두 가문 사이에 전쟁이 벌어진 이유는 돈 문제였다.

플레이드 백작가가 교역으로 막대한 양의 수익을 거두자 남부 지방 대영주인 그론델 후작가가 일정 수익을 떼어 달라 요구했던 것이다.

플레이드 백작의 입장에서 일고의 가치도 없는 요청이었 다. 단호한 거절 이후 두 가문 사이는 급속도로 나빠지기 시 작했고 기어코 전쟁이 발발한 것이다.

상대는 남부 지방에서 손에 꼽히는 대영주였기에 플레이

드 백작가는 모든 역량을 집중해야 했다.

'어쩌면 이게 기회일지도.'

전쟁은 심력을 빼앗아가는 괴물이다. 이번 기회를 틈탄다면 자신의 역량을 기를 수 있을 것임이 분명했다.

리즈의 하루는 검술 단련으로 시작한다.

재능이 없음으로 판명받았지만 그 또한 플레이드 백작가의 일원. 검술 훈련을 소홀히 할 수 없었다. 하지만 백작도 그렇고, 그를 가르치는 기사인 란돌 또한 반쯤 포기한 상황이었다.

"아무래도 검술 수련은 그만두어야 할 것 같아요."

"무슨 뜻입니까?"

"솔직히 재미가 없어요. 재능도 없는 것 같고요."

"……."

정확히 짚어내는 리즈의 말에 란돌은 침묵했다. 이미 그의 재능은 가문 내에서 하급으로 분류되어 검술에 큰 기대를 걸지 않고 있는 실정이었다.

계속해서 수련을 하는 것도 기본 교양을 쌓는 것에 불과했다.

"하지만 주군의 명령입니다."

"그건 알고 있어요. 하지만 이래봤자 아무런 이득이 없는걸요? 그냥 간단하게 몸만 풀면 안 될까요?"

"그 부분에 대해서는 제가 결정할 사안이 아닙니다. 주군께 고하도록 하겠습니다.”

“부탁드릴게요.”

리즈가 말을 꺼낸 것도 플레이드 백작의 귀에 들어가길 바랐기에 그렇다.

기대가 크면 실망도 큰 법이다.

플레이드 백작이 자신에게 어떠한 기대도 할 리 없지만 만약의 가능성마저도 끊어놓음으로써 좀 더 많은 시간을 확보할 생각이었다.

“이제 좀 더 나만의 시간을 가질 수 있겠지.”

멀어지는 란돌을 보며 리즈가 기대감 섞인 눈을 한 채 중얼거렸다.

“검술 훈련을 그만두고 싶다고?”

반응은 즉시 나왔다.

란돌이 고한 즉시 플레이드 백작은 리즈를 호출했다.

집무실로 향한 그는 조심스럽게 눈치를 살피며 고개를 끄덕였다.

“네.”

“무슨 이유 때문이냐?”

“재능이 없는 것 같아요. 성과는 없고 힘들기만 한 것 같고……”

최대한 어린아이다운 모습을 보이며 투정 섞인 목소리로

말했다.

자신은 가문 내에서 여러모로 분란거리밖에 되지 않는다.

이대로 두각을 드러낸다 한들 혼란만 가중될 것이기에 플레이드 백작은 내심 이 결정을 반길 것임이 분명했다.

하지만 세상은 마냥 리즈의 뜻대로 돌아가지 않았다.

"네 주장은 받아들일 수 없다."

"네?"

"재능이 없다 한들 가문의 일원으로서 기본적인 실력을 갖추는 건 필요하다."

"하지만 전 발전도 못하고 있는 걸요."

검술을 익히는 그의 신체적인 조건은 최악이었다.

유연성은 물론이고 신체 적응력과 회복력 또한 떨어졌다.

의도적인 면이 깃들었지만 검술의 습득 또한 현저히 느렸다.

이쯤이면 포기할 법도 하건만 플레이드 백작은 훈련을 채근하고 나선 것이다.

"이제 열 살이 되었으니 검만 휘두르는 것도 신물이 들겠지. 사흘 후부터 네게 본격적으로 가문의 마나연공법을 전수할 것이다."

"네에?"

리즈는 자기도 모르게 목소리를 높이고 아차 했다. 그만큼 그의 말은 놀라운 것이었다.

현재 그에게 가장 필요한 것은 마나연공법이었다. 체내에 마나를 쌓음으로써 영혼과 함께 이동한 태블릿 PC를 활용할 수 있는 시간을 늘려야 했다.

그럼에도 기쁘게 받아들일 수 없는 것은 플레이드 백작의 의도를 읽을 수 없어서였다.

"네 말대로 검술의 재능은 안 좋을지 모르나 마나친화력이 좋을 수도 있다. 그러니 희망을 버리지 말고 열심히 훈련하도록 하여라."

그 말을 듣고 그의 의도 일부분을 느낄 수 있었다.

검술에 재능에 떨어지더라도 결국 이곳의 전투는 마나를 실은 싸움이었다.

마나친화력이 뛰어나 남들보다 많은 양을 보유할 수 있다면 대결에서 우위를 점할 수 있을 터였다.

"그러니 실망하지 말도록."

"알겠습니다."

놀라움과 기쁜 마음이 교차했지만 겉으로 드러내지 않기 위해 애썼다.

한 가지 확실한 것은 마나연공법의 존재가 자신에게 더욱 많은 수를 제공할 수 있다는 점이었다.

공언했던 것처럼 사흘 후, 리즈는 마나연공법을 익힐 수 있었다.

가문의 비전이 아닌, 일반 기사들이 처음 익히는 것에 불과했지만 마나가 체내에 파고드는 감각은 그 어떠한 것도 형용하기 힘들 만큼 상쾌했다.

다행히도 마나친화력 부분에서는 재능이 나쁘지 않았다.

무난하게 마나의 존재를 느끼고 체내에 받아들일 수 있었다.

여기에서 그는 남들보다 유리한 점이 있었으니, 바로 태블릿 PC 안에 각종 건강과 관련된 애플리케이션이 다운로드되어 있다는 점이다.

특히 혈도 자리가 그려져 있던 애플리케이션은 그에게 큰 도움이 되었다.

어느 정도 마나가 쌓인 뒤, 그것을 볼 수 있었는데, 마나연공법을 통해 어떠한 작용을 하고 있는 것인지 세세히 깨달을 수 있었다.

마나연공법은 일종의 동공으로서 움직임을 통해 혈을 자극하여 마나를 받아들인다.

리즈는 인체 곳곳에 자리한 혈 자리와 마나연공법을 통해 자극되는 부분을 보면서 어떠한 자세에서 어떻게 해야 더 많은 양의 마나를 효율적으로 흡수할 수 있는지 알 수 있었다.

물론 이러한 일련의 작업이 단기간에 해결된 것은 아니었다.

제대로 된 이해가 동반되어야 했기에 마나연공법을 꾸준

히 시전하면서 마나의 흐름을 이해하고, 혈도의 위치를 파악하며 이론을 실전으로 체득해야 했다.

이론과 행동을 동시에 겸했지만 그 속에도 수많은 시행착오가 숨어 있었다.

때로는 마나의 흐름을 달리 해보기도 하고, 동작을 다르게 해보기도 했다. 그럴 때마다 몇 번이나 마나연공법이 꼬였는지 모른다.

하지만 리즈도 나름대로 믿는 부분이 있었다.

방 안에서 마나연공법을 시전할 땐 안전한 방법을 선택했고, 이러한 모험은 정규 수업시간 때만 했던 것이다.

자신의 마나가 흐트러질 때마다 곁에서 지켜보던 란돌이 다가와 붙잡아주고는 했다. 그리고 올바른 마나연공법에 대해 설명해 주었다.

란돌이라는 보험이 있었기에 리즈는 크게 달라지지 않은 선에서 수정된 마나연공법을 실험해 볼 수 있었다.

이는 자신의 재능이 좋지 못함과 동시에 마나연공법을 제대로 체득하지 못했다는 걸 알릴 수 있으니 여러모로 손해 볼 것이 없었다.

삼 년이 흘렀다.

"세상사 뭐 하나 쉬운 게 없어."

"어린 녀석이 그런 말을 하니 어이가 없군."

라파드가 황당함이 깃든 음성으로 다가와 맞은편에 앉았다. 인상을 찡그린 리즈는 날카로운 음성으로 쏘아붙였다.

"어린아이는 세상 살아가는 게 쉬운 줄 아나?"

"귀족 가문 자제이니 쉬울 리 없겠지. 하지만 그 나이에 어울리지 않는 말인 건 분명해."

"쳇!"

"그나저나 신작 반응이 좋아. 귀족 가문 사이에서 엄청나다고?"

리즈의 책은 왕국 내에서 유명했다.

절절한 사랑 이야기는 귀부인들의 마음을 뒤흔들기에 부족함이 없었는데, 언제나 한 번쯤 꿈꾸던 사랑을 소설로 대리만족을 느낄 수 있으니 반응이 클 수밖에 없었다.

왕국의 문화가 집약된 왕도 같은 경우 리즈가 출간한 책 내용을 토대로 연극이 만들어질 정도였다.

엄청난 성과였지만 그의 반응은 대수롭지 않은 것이었다.

"당연하지. 누가 집필한 건데."

내심 양심에 찔렸지만 세계가 다른 만큼 원저작자는 자신이었다.

"자신감은 충만해서는. 어쨌든 그래가지고 널 보고 싶어하는 귀부인들이 넘쳐 나는 실정이다."

"언제나처럼 비밀로 해줘. 아니면 엄청 못생겼다거나 내일 죽어도 이상하지 않을 할아버지라고 해주든지."

"끙! 넌 쉽게 말하지만 이게 생각보다 만만치 않다."

라파드가 이끄는 상단은 리즈의 소설을 독점적으로 공급받아 막대한 부를 벌어들일 수 있었다.

인쇄술이 발달하여 널리 민간 보급이 가능했기에 그의 소설로 천문학적인 부를 축적했다.

이를 바탕으로 각종 사업에 투자하니, 삼 년 사이 플레이드 백작령에서 가장 큰 상단으로 도약할 수 있었다.

하지만 그런 그조차도 귀족 가문에서 들어오는 압력은 버텨내기 쉽지 않았다.

"만만치 않아도 나설 수 없어. 망나니 귀족이 실은 로맨스 소설가? 쫓겨나는 건 물론 매질을 당하지 않으면 다행이지."

검을 숭상하는 플레이드 백작에게 로맨스 소설가인 아들은 명예를 더럽히는 오물 그 자체였다.

"고생길이 훤하군. 이쯤이면 어느 정도 받아들이리라 생각했더만."

"안 되는 건 안 돼. 아니면 이미 죽었다고 하고 정기적으로 출간하는 거라 말하든지."

"그게 가능하면 말도 하지 않았다."

"미안. 하지만 내 처지를 이해해 줘."

리즈의 입지가 가문 내에서 얼마나 위태로운지 라파드는 잘 알고 있었다. 서로 대등한 관계였지만 그는 자신을 재기할 수 있게 해준 리즈에게 진심으로 고마운 감정을 가지고 있었다.

"알았다. 그럼 술이나 한잔하자고."

"기어이 한잔하자고 하네. 나 아직 어리거든?"

"열세 살이면 혼인도 할 수 있는 나이다. 왜, 아직 안 되는 거냐? 크크!"

음침한 미소를 짓는 그를 보며 리즈의 눈썹이 꿈틀거렸다.

뻔한 도발이지만 남자의 능력을 의심하는 그의 말은 쉬이 넘길 수 없었다.

"안 되긴 무슨! 좋아, 같이 한잔하도록 해. 하지만 너무 마시는 건 곤란해. 내 상황이 안 좋다는 건 알고 있지?"

"물론이다."

하지만 그는 한번 마시면 상대를 절대 놓아주지 않았다.

다음 날, 저택 입구 앞에 널브러져 있던 리즈는 다시 한 번 망나니라는 별명을 확정 짓고 말았다.

'라파드 개놈⋯⋯.'

속으로 자신을 이 상황으로 몰아넣은 라파드를 욕하며 리즈는 고개를 깊이 숙였다. 지금 이 상황은 그의 입장에서 최악의 한 수였다.

인사불성이 되어 저택 앞에서 발견된 리즈는 즉시 안으로 이송되었다.

열세 살인 첫째 공자가 술을 마시고 저택 앞에 쓰러져 있던 모습은 망나니라는 소문을 더욱 가속화시키는 역할을 했다.

잠에서 깨어난 리즈는 해장을 할 겨를도 없이 백작부인의 호출을 받아야 했다.

그의 행동은 전쟁 중인 플레이드 백작가의 이름에 먹칠을 하는 것.

백작부인의 입장에서 반길 만한 일이었지만 반드시 짚고 넘어가야 하는 것이었다.

"어디 한 번 말해보아라."

"죄송합니다."

"죄송하다는 말 말고! 자세한 사정을 말해 보라고!"

"후우, 그게 그러니까……."

사실 할 말이 없었다.

라파드와 함께 어울리며 밤새도록 술을 마신 게 어디 자랑할 만한 일인가.

더군다나 자신은 이제 열세 살이다. 전쟁 중에 술을 마신 것도 물론이고 어린 나이에 술을 마신 것도 책을 잡힐 일이었다.

이는 자신에게 결코 좋은 일이 아니었다.

기사들이 익히는 기본 마나연공법으로 토대를 닦아놓고 있기에 시일이 조금 더 흐르면 본격적인 마나연공법을 익힐 수 있을 터였다.

하지만 지금 같은 일을 저지른 후라면 플레이드 백작이 생각을 달리할 수 있었다.

리즈로서는 지금 상황을 어떻게든 수습해야 하는 입장에서 있던 것이다.

"실은 리안 작가의 한정판을 구하게 돼서요."

"…그, 그게 무슨 말이니?"

백작부인의 목소리가 살짝 떨려 나왔다.

리안은 리즈가 본명 대신 활동하고 있는 필명이었다.

그가 낸 소설 전권을 소유하고 있는 백작부인이 그 이름을 모를 리 없다. 아니, 도리어 막대한 자금을 들여 한정판을 구매하고는 했다.

하지만 그녀가 정상적인 경로로 구한 경우는 단 한 번도 없었다.

그도 그럴 것이 리즈의 입김이 들어가 라파드가 매번 예약 완료가 되었다는 말과 함께 판매하지 않았던 것이다.

중고로 구입하는 것과 직접 구입하는 것은 상당한 차이가 존재했다. 백작부인의 귀가 번쩍 뜨이는 것은 당연한 일이었다.

"제가 라파드 상단과 친하다는 건 아시는지요?"

"자, 잘 모른다."

모든 걸 알고 있었지만 백작부인은 알고 있는 티를 내지 않았다. 짐작하고 있었기에 리즈는 자신의 할 말을 이어나갔다.

"그렇군요. 실은 라파드 상단 주인과 만날 기회가 생겼어요. 평소에 자주 이용하기에 고마움을 표하면서 이번에 출간될 리안의 신작 한정판을 제게 준다고 했거든요."

"그, 그게 정말이니?"

신작 출간 소식은 백작부인도 알지 못하는 것이었다.

눈을 동그랗게 뜬 그녀의 모습에 웃음이 흘러나올 뻔했지만 가까스로 참아내며 대답했다.

"네, 사실 전 리안이 누군지 잘 모르거든요. 그런데 어머니가 좋아하실 거란 말에 받아들였는데, 술을 한잔하고 가라고 해서……. 차마 거절할 수 없었어요. 죄송해요."

"……."

백작부인의 표정이 풀어졌다. 여기서 화를 더 낼 수도 있지만 리안의 신작 한정판이란 사실이 그녀의 얼어붙은 마음을 녹여냈다.

만약 여기서 더 몰아붙이면 리즈의 마음도 뒤틀릴 것이고, 그가 중요하게 여기지도 않는 한정판으로 인해 혼났다는 마음이 생길 수도 있다.

그리되면 소중한 한정판의 운명은 불을 보듯 뻔했다.

"네가 이 어미를 그리 생각할 줄 몰랐다."

"죄송해요. 어머니가 좋아할 거란 말에 그만."

"네가 그리 말하니 성의를 거절할 수 없겠지. 그게 무엇인지 볼 테니 가져오도록."

"그래도 될까요? 생각해보면 제 허물 같은 거라……."

말끝을 흐리며 주먹을 움켜쥐자 백작부인의 얼굴에 파문이 일었다.

자신이 너무 몰아세워 리즈가 이러는 것 같아 속으로 자책하며 어르고 달래기에 나섰다.

"허물을 품을 줄도 알아야 하는 법. 네 허물을 내 지켜볼 테니 가지고 오너라."

그 속에는 이번 일을 묻어주겠다는 의미가 담겨 있기도 했다. 잠시 그녀를 물끄러미 바라보던 리즈가 고개 숙여 인사했다.

"감사합니다."

"거짓일 경우 각오하도록 하고."

"예."

어찌 보면 두 사람은 암묵적으로 거래를 한 것이다.

백작부인은 리안의 한정판 소설을 가지고 싶어 했고, 리즈는 이번 일을 조용히 묻길 바랐다.

두 사람의 이해가 일치했기에 더 이상 일이 커지지 않을 수 있었다.

그의 입장에서 천만다행이 아닐 수 없었다.

"피곤한 사람이라니깐."

방으로 돌아온 리즈는 안도의 한숨을 내쉬었다.

백작부인이 자신의 소설 팬이란 걸 알았기에 망정이지 하마터면 크게 곤욕을 치를 뻔했다.

리즈는 오늘 일의 원인을 제공한 인물을 떠올리며 이를 갈았다.

"라파드 나쁜 자식."

그가 자신을 만취 상태로 만들지만 않았으면 이런 일도 없었다.

고작 열세 살에 불과한 소년에게 술을 먹이지 못해 안달하는 모습이라니!

지금쯤 자신이 겪고 있을 곤욕을 생각하며 즐기고 있는 모습을 떠올리니 피가 거꾸로 치솟는 기분이었다.

"후우!"

가볍게 숨을 몰아쉰 리즈는 부정적인 생각을 털어냈다. 그리고 곧바로 침상에 몸을 묻었다. 아직 성장하는 몸은 술기운을 해소하기에 너무나 어렸다.

우웅!

가벼운 공명음과 함께 그의 앞에 태블릿 PC가 모습을 드러낸다.

영혼의 일부인 그것은 이제 한 몸처럼 자유자재로 소환할 수 있었다.

이 작은 기기 안에는 무궁무진한 가능성이 숨겨져 있다.

자신의 능력이 미치지 못하여 대부분 활용하지 못하고 있지만 서서히 성장하면 이 또한 발휘될 것이다.

♩♪♫

태블릿 PC에 저장된 음악을 재생하자 전생에서 자주 듣던 팝송이 흘러나온다.

이제는 돌아갈 수 없는 추억이 가득한 그곳.

리즈는 잠들기 전 매일 태블릿 PC를 소환하여 노래를 틀어놓고는 했다.

이 모든 것이 마나연공법을 좀 더 효율적으로 활용하기 위한 방책.

마나연공법을 익힐 당시 란돌이 말하길, 쌓아놓은 마나를 소모하길 권장했다.

체내에 저장한 마나를 오랫동안 활용하지 않으면 제 위력을 발휘하기 힘들다는 이유에서였다.

이는 달궈놓은 쇠를 두드리는 것과 비슷하다.

시간이 흐르면 쇠가 식어버리는 것처럼 담아내고 빠르게 소모한 뒤 다시 담아내는 작업을 반복하는 것이다.

그는 매일같이 태블릿 PC를 소환하며 음악을 재생함으로써 마나를 소모한다.

그럴수록 그가 개량한 방법과 맞물려 순수한 마나가 체내에 깃든다.

음악에 취한 리즈는 눈을 감았다.

오늘보다 나은 내일을 생각하며.

백작부인의 눈이 파르르 떨렸다. 좀처럼 감정을 드러내지 않는 그녀였지만 지금 이 순간만큼은 감정이 표정에 고스란히 드러났다.

"이, 이게 한정판?"

"네, 맞아요."

"……"

그녀는 아무 대답을 하지 않고 조용히 책을 펼쳐 들었다.

그곳에는 멋들어진 필체고 리안이라 적혀 있었다.

"맞구나. 한정판이 맞아."

한정판으로 나오는 책에는 리안의 서명이 적혀 있다.

이는 쉬이 위조할 수 없어 한정판 특유의 값어치를 나타내는 척도이기도 했다.

"맞나요?"

"맞단다."

"다행이네요. 가짜가 아닐까 걱정했거든요."

그렇게 대답하는 리즈는 속으로 웃음을 지었다.

늘 살기등등한 모습으로 자신을 대하던 백작부인의 기뻐하는 모습은 처음 보는 것이었다.

한정판을 건네주기로 한 이후, 종종 자신을 불러 용돈을 건네면서 언제 가지고 올 수 있냐고 돌려 묻고는 했다.

"수고했다."

"아니에요, 제게는 별다른 가치가 없는 걸요. 다음에 구할 수 있게 되면 드릴게요."

"그러겠니?"

한정판의 위력은 대단했다.

늘 가시 돋친 말투로 자신을 대하던 그녀의 태도가 눈에 띄게 부드러워졌다.

그 모습이 적응되지 않았지만 리즈는 다행이라 여겼다.

언제 독수를 쓸지 모르는 그녀를 조금이라도 누그러뜨릴 수 있었으니까.

미운 녀석 떡 하나 더 준다는 말처럼 백작부인에게 한정판을 건넴으로써 조금이라도 안위를 꾀할 수 있다면 그것만으로도 만족이었다.

제3장
마탑주의 방문

플레이드 백작가와 그론델 후작가의 영지전은 장기전으로 이어졌다.

대영주에 해당하는 두 가문의 전쟁은 왕가에서 관심을 가질 정도로 규모가 커지기 시작했다.

이쯤 되자 양측 모두 소극적인 움직임을 보이기 시작했다. 자칫 잘못해서 대패를 당하기라도 하면 가문의 안위조차 보존하기 힘들어질 수 있었다.

"상황이 좋지 않습니다, 백작각하!"

"화친을 해야 합니다."

"……"

휘하 가신들의 건의에 플레이드 백작은 침묵한 채 눈을 감았다.

그론델 후작가와 전쟁이 벌어진지 어언 오 년의 시간이 흘렀다.

그동안 두 가문은 일진일퇴를 거듭하며 치열한 전쟁을 벌였다.

오 년 동안 수십 번이 넘는 충돌을 빚었지만 휘하에 거느린 직속 군대가 충돌한 경우는 없었다. 대부분의 전투가 그들을 따르는 군소 영주들끼리 벌어진 전쟁이었다.

형세를 주도하고 있는 것은 플레이드 백작가 측이었다. 군소 영지 두 개를 점령했고, 최전방 요새에 틀어박혀 그론델 후작가의 거센 공격을 견뎌내고 있었다.

하지만 가문의 규모는 그론델 후작이 훨씬 컸다.

그들이 거느린 군대부터 시작하여 보급품 등은 가신들이 질릴 정도로 물밀 듯이 밀려오고 있었다.

이미 우세를 점했기에 그들은 플레이드 백작이 한 발자국 뒤로 물러섬으로써 휴전하길 바랐다.

침묵하고 있던 그의 입에서 흘러나온 말은 그들이 바라던 것과 정반대였다.

"불가하다."

"백작각하!"

"우리가 힘든 만큼 그론델 후작가도 사력을 다하고 있겠지. 오래 버틸수록 상황은 우리에게 유리하다. 굳이 우리가 물러날 필요는 없겠지."

오랜 전쟁으로 양측 가문 재정은 악화일로를 걷고 있었다.

그는 그것을 모르고 있단 말인가?

가신들의 표정이 일그러지려고 할 때 그가 한마디 더 언급했다.

"카리온 공작가와 혼인을 추진하도록 하겠다. 힘을 합친다면 그론델 후작가 따위는 어렵지 않겠지."

카리온 공작가는 중앙 귀족가로, 막대한 무력을 거느린 가문이다.

혼인 동맹을 통해 그곳의 지원을 등에 업을 수 있다면 그론델 후작가와 장기전까지 바라볼 수 있었다.

"현명하신 판단이옵니다!"

"그렇게 진행하는 것으로 결정을 내리지."

그 말을 끝으로 플레이드 백작은 입을 다물었다. 가신들은 저마다 머리를 맞대고 그론델 후작가를 상대할 방안을 마련하기 시작했다.

"와하하! 그래서 말이지……."

우렁우렁한 라파드의 웃음소리에 리즈는 눈살을 찌푸렸다. 그런 기색을 모르는지 그는 연신 들뜬 목소리로 떠들기 바빴다.

잠깐의 시간이 지나고, 리즈의 표정이 심상치 않자 그의 음성이 잦아들었다.

"왜 그러냐?"

"지금 그걸 말이라고 하나? 왜 우리 둘이 이야기하는데 이런 곳을 와야 하는 건데?"

"하하! 그렇게 까다롭게 굴 것 없잖아?"

능글맞게 넘어가려는 그의 태도에도 불구하고 리즈의 불편한 기색은 가시지 않았다. 결국 한숨을 내쉰 그는 고개를 저으며 말했다.

"됐다, 나가봐라."

"네에."

리즈의 불편한 기색에 어쩔 바를 몰라 하던 두 여자가 밖으로 나갔다. 라파드는 인상을 구겼다.

"이제 좀 즐거워지려고 했건만."

"즐거운 자리에 왜 항상 술과 여자가 있는 건데?"

"남자란 모쪼록 그런 거 아닌가? 술과 여자가 있는 곳이야말로 진정으로 즐거운 곳이지!"

"개뿔, 그런 논리 때문에 내 이미지가 얼마나 나빠졌는지 알아?"

상인으로서 수완이 뛰어났지만 라파드는 술과 여자를 너무 좋아하는 것이 문제였다.

물론 경이로울 정도로 뒤탈을 만들지 않았지만 문제는 함께하는 자신이 너무나 벅찼다.

"어차피 더 나빠질 것도 없잖나? 플레이드 가문의 망나니씨."

"젠장!"

나지막한 목소리로 욕설을 터뜨린 리즈는 더 언급하지 않고 술을 들이켰다.

현재 가문 내에서 자신의 평판은 그야말로 최악이다.

이제 열다섯밖에 되지 않았음에도 불구하고 벌써부터 주색잡기에 몰두한다는 소문이 돌 정도면 할 말 다한 것 아닌가.

리즈가 억울한 것은 정작 자신은 술을 즐긴 것도 아니요, 그렇다고 여자와 오붓하게 즐긴 것도 없는데 그런 소문이 났다는 점이다.

이게 다 라파드 때문이란 건 누가 말하지 않아도 명백했다.

"그나저나 정말 안 되는 거냐?"

"안 되는 건 안 돼."

"하, 그러지 말고 한 번 생각해봐라. 다른 인물도 아니고 마탑주다, 마탑주."

"……"

답답함을 토로하는 라파드의 모습에도 불구하고 리즈는 아무 대답도 하지 않았다.

"이거 참, 똥고집을 뜯어고칠 수도 없고."

그가 아쉬워하는 것도 무리가 아니었다.

예전부터 리즈를 만나고 싶어 하는 사람이 있었다.

물론 플레이드 백작가의 망나니 리즈가 아니었다.

왕국을 넘어서 주변국으로까지 명성이 뻗어나간 리안 작가를 만나고자 하는 사람이었다.

십 년에 가까운 시간 동안 수십 개의 명작을 쏟아낸 그의 위명은 이미 전 대륙에 퍼져 있다고 해도 과언이 아니었다.

하지만 외부로 모습을 드러낼 수 없었던 리즈는 그 제안에 응하지 않았다.

일신상 건강을 핑계로 사람들의 만남을 피해왔고, 라파드 또한 리즈를 겉으로 드러냄으로써 겪게 될 번거로움을 짐작하고 있어 사전에 차단을 하고는 했다.

"이번만큼은 다시 생각해봐라."

"대체 왜 그러는데?"

"마탑주가 네 덕에 깨달음을 얻었다고 한다. 그래서 고마움을 표하고 싶다고 하고."

"나 때문에 깨달음을 얻어?"

"그래, 네 소설에서 나온 대사를 보고 깨달음을 얻어 감사의 인사를 표하고 싶다는데 난들 어쩌겠냐?"

라파드의 어조는 간절했지만 리즈는 고개를 저었다.

마탑주는 귀족이 아니지만 결국 귀족에 준하는 존재였다.

그와 인연을 맺게 되면 여러 경로를 통해 플레이드 백작의 귀에 들어갈 수도 있었다.

기껏 이룩해놓은 망나니는 작위적인 것처럼 보일 터였고, 자신의 입지는 위태로워질 것이다.

아마 백작부인은 자신을 기만했다며 방방 날뛸 테지.

"잘 써먹던 핑계 있잖아. 그걸 대서 피해."

"후, 그것도 쉽지가 않아. 그 핑계를 대니까 뭐라는지 아냐? 자기가 병을 고쳐줄 수 있단다."

"뭐? 아!"

마탑은 기본적으로 7단계 이상의 경지를 이룬 마법사가 세운다.

그가 깨달음을 얻었다는 것은 8단계 경지에 올라섰을 가능성이 농후했다.

그 정도면 웬만한 병도 마법으로 치료가 가능했다.

"마탑주 정도면 팔다리가 잘려도 붙일 수 있다. 마법으로 안 되면 친한 신관을 불러줄 수 있으니 꼭 한 번 만나게 해달라고 하니 나도 더 댈 수 있는 핑계가 없다."

"후우!"

"한 번 만나보는 게 어떠냐? 나도 여러모로 생각해봤는데, 이 마탑주는 대인 관계가 넓지도 않고 귀족들하고 친하지도 않다. 네가 갖고 있는 의문을 해소하는 데도 도움이 되고, 혹시 아냐? 나중에 가문을 나섰을 때 도움을 받을 수 있을지."

"그럴까?"

"네가 걱정하는 사안은 마탑주에게 다짐을 받으면 돼. 순수하게 고맙다는 인사를 하고 싶어 하니까 다른 걱정은 하지 않아도 되고."

그의 말에 리즈는 고개를 끄덕였다.

전생과 현생을 합쳐 사십여 년을 살아왔지만 사람을 대하는 수단 같은 것은 라파드를 따라갈 수 없었다.

자신의 처지를 알고 있는 그라면 적절한 조치를 취할 수 있을 터.

자칫 잘못해서 마탑주가 앙심을 품고 자신의 정체를 캐내려고 하면 결국에는 드러날 것임이 분명했기에 수락 의사를 표했다.

"어쩔 수 없지. 하지만 뒤처리는 확실히 해주도록 해."

"삼 년여 동안 해왔던 부탁이다. 그 정도는 들어줄 거다."

확신 어린 그의 대답에 리즈는 고개를 끄덕였다. 그리고 머릿속으로 마탑주와 만났을 때를 가정하며 대비를 하기 시작했다.

마탑은 대대로 권력을 멀리하는 형태를 취했으나 현 대륙에서 마탑의 숫자는 곧 국력으로 대변되는 경우가 많았다.

금탑주 엘리미스의 등장 이후 마법은 한층 체계화되기 시작했고, 서클론과 단계론이 부각되면서 마법사들의 실력 또한 발전하기 시작했던 것이다.

그에 반해 검사들은 다소 주춤한 모습을 보였다.

여전히 막강한 기사 전력을 자랑했지만 최근 수백 년 동안 검술보다 마법이 발전을 이룬 것은 누구도 부인하지 못할 사실이다.

그랜드 마스터와 견줄 수 있는 8단계 마법사들의 연이은 등장이 바로 마법사의 전성시대를 알렸다.

밤이 되어 저택 안으로 들어서던 리즈는 자신의 어깨를 잡아채는 억센 손길을 느낄 수 있었다.

"큭!"

"여어, 이게 누구야, 가문의 이름을 빛내주시는 자랑스러운 형 아니야?"

건들거리는 목소리가 귀를 파고들자 그의 표정이 일그러졌다가 펴졌다.

고개를 돌리니 그곳에는 입꼬리를 말아 올리고 있는 소년이 눈에 들어왔다.

그의 이름은 칼스.

플레이드 백작의 둘째 아들이자 리즈의 동생이기도 했다.

백작부인의 소생인 그는 두 살 어렸는데, 나이 차이가 느껴지지 않을 만큼 듬직한 체구를 자랑했다.

리즈가 곱상한 외모와 달리 칼스는 선이 굵었고, 호리호리한 그와 달리 칼스는 거대한 체구로 인해 곰을 연상시켰다.

"칼스."

"형이 되어서 동생에게 너무 무관심한 것 같아서 말이지."

입가에는 미소가 맺혀 있었지만 그 속에는 사나운 기세가 숨어 있었다.

잡혀 있는 어깨에 고통이 느껴지자 리즈의 안색이 일그러졌다.

"하하, 힘이 너무 과했나? 형이 오죽 비실거려야 말이지."

얄미운 미소와 함께 손을 거두는 칼스.

검에 재능이 없는 그와 달리 칼스는 플레이드 백작을 닮아 벌써부터 검술에 두각을 드러내고 있는 차세대 인재였다.

"그걸 알면 좀 배려를 해줬으면 좋겠는데."

"배려? 하! 누가 누구에게 배려를 한다고?"

코웃음을 친 칼스가 매서운 눈으로 리즈를 노려보았다. 그도 지지 않고 마주치자 분위기는 점점 사납게 바뀌기 시작했다.

"함부로 돌아다니지 마라. 가문의 이름에 먹칠을 하는 것도 유분수다."

"딱히 가문의 이름에 먹칠을 한 적은 없다."

"없다고? 열다섯밖에 되지 않은 녀석이 벌써부터 술을 마시고 계집질이나 하는 게 먹칠이 아니라고?"

칼스의 입에서 날카로운 외침이 터져 나왔다.

어린 시절부터 뛰어난 재능과 백작부인의 기대를 받아 자라온 그에게 리즈의 존재는 눈엣가시였다.

창살 없는 감옥에 갇혀 있는 자신과 달리 리즈는 자유로웠고, 하고 싶은 것을 행했다.

그 부분이 부러운 것도 없지 않아 있었지만 무엇보다 그를 참을 수 없게 만든 것은 리즈의 행동이 가문의 이름을 더럽혀 놓은 것이다.

부러움과 증오, 여러 감정이 뒤섞여 있었다.

"그 목숨을 부지하고 싶으면 알아서 행동하는 것이 좋을 거야."

"알았다."

"……."

순순히 대답하는 리즈를 보며 칼스의 안색이 더욱 사납게 일그러졌다.

저것은 마치 자신을 놀리는 것 같지 않던가.

분노를 참지 못한 그는 벽을 향해 주먹을 내질렀다.

쾅!

돌로 쌓은 벽임에도 불구하고 요란한 폭음이 울려 퍼졌다. 칼스의 손은 아무런 충격이 없는 것처럼 멀쩡했다. 열세 살에 불과하지만 벌써 마나를 손에 두를 수 있는 경지에 도달했음을 알 수 있다.

"함부로 돌아다니지 마라. 가문이 사활을 건 전쟁을 벌이고 있음에도 네가 살아남을 수 있는 것은 아버지의 배려가 있어서니까."

그 말을 끝으로 칼스는 몸을 돌려 저택 안으로 사라졌다.

뒷모습을 쫓던 리즈는 골치가 아파오는 걸 느끼며 고개를 젓고 말았다.

현 대륙은 바야흐로 마법의 전성시대였다.

최강의 경지를 이뤄 10단계 경지에 도달한 금탑주 등장 이후 마법 이론은 체계화되어 대륙 각지로 보급되었고, 그것을 토대로 마법을 익힘으로써 속속 높은 경지를 이뤄내는 대마법사가 등장하기 시작했다.

한스는 마법사들 사이에서 입지전적인 인물이다.

평민 출신으로 우연히 마법사의 눈에 띄어 마법사가 된 그는 재능과 열정을 바탕으로 고위 마법사로 올라설 수 있었고, 깨달음을 얻음으로써 대마법사의 반열에 들었다.

왕국 북부에 마탑을 세워 이웃 왕국과 몬스터 침공을 막아내는 데 지대한 공을 세운 그가 한창 영지전이 발발하고 있는 왕국 중남부에 행차한 것은 지극히 개인적인 사정 때문이다.

라파드는 대마법사인 한스를 보자 숨이 턱 막혀오는 것을 느꼈다.

위압감 같은 것이 발산되지는 않았지만 그를 보는 순간 자기도 모르게 빨려 들어갈 것 같은 느낌을 받고 말았다.

그러다 보니 자연스레 행동이 공손해졌다.

"이곳이 기다리고 계시면 됩니다."

"급할 필요 없네. 삼 년을 기다렸는데 잠깐을 못 기다리겠나."

"금방 오실 겁니다."

"기다릴 테니 천천히 오라고 하시게. 아, 차 한 잔 부탁해도 되나?"

"물론입니다. 곧 마실 것을 가지고 오도록 하겠습니다."

고개를 숙인 라파드가 나서자 홀로 남은 한스는 주변을 둘러보았다.

작은 방이지만 사람의 손길이 느껴지는 곳이다.

마탑의 경우 극비에 부쳐진 연구가 진행되는 경우가 많아 사람을 쓸 수 없는 구역이 많았다.

늘 먼지가 넘쳐 나는 공간에 있다가 간만에 깨끗한 방에 들어오니 상쾌해지는 기분이었다.

"드디어 만나는군."

자신의 새하얀 수염을 쓰다듬으며 한스는 입가에 미소를 지었다.

그가 리안의 소설을 접한 건 단순한 우연이었다.

왕국 전역으로 퍼져 나간 리안의 소설을 휘하 마법사가 구입해왔고, 여러 차례 실험의 실패로 울적하던 그는 도대체 무슨 이유로 입소문을 타는지 몰라 심심풀이로 소설을 읽기 시작했다.

그리고 그날, 그는 리안이 출간한 소설책을 모조리 구입하기에 이르렀다.

그의 소설에는 사람의 마음을 움직이는 힘이 있었다.

연륜과 고뇌, 교훈이 담겨 있는 것은 각각의 책이 마치 다른 사람이 집필한 것처럼 고유의 색을 보유했다.

정신없이 책에 몰두하던 그는 우연히 소설 속 여주인공이 언급한 급할수록 돌아가라는 말에 뇌전에 감전된 것 같은 충격을 받고 말았다.

그것은 마치 8단계로 오르기 위해 정신없이 몰아치는 자신의 행동을 지적하는 것처럼 느껴졌던 것이다.

그 후, 그는 자신의 잘못된 점을 개선하고 수련에 매진한 끝에 마침내 8단계 마법사로 올라설 수 있었다.

모든 게 리안 덕분이었다.

그래서 그를 만나고자 라파드 상단에 꾸준히 요청을 넣었다.

삼 년여 동안의 노력 끝에 마침내 그를 만날 기회를 얻게 되었다.

"과연 어떤 인물일지."

머릿속으로 리안의 이미지를 떠올려 보았지만 그가 어떤 사람인지 쉬이 짐작하기 어려웠다.

그는 수많은 색을 보유한 소설가였다.

출간한 소설마다 제각각의 내용과 색을 담아내고 있기에 책만으로 그가 지니고 있을 이미지를 형상화하기가 힘들었다.

삼 년여 동안 리안을 만나기 위해 노력한 것은 그에게 고마움을 표하고자 하는 것도 있지만 또 하나는 그를 보고 싶은 마법사 특유의 호기심이 발동해서이기도 했다.

어느새 준비된 차와 과자를 들면서 리안을 기다렸다.

제법 오랜 기다림이었지만 그를 만날 수 있다는 것만으로도 차 한 잔의 여유를 즐길 수 있었다.

차와 과자가 바닥을 드러낼 무렵, 응접실 안으로 한 사람이 안으로 들어섰다.

아직 성장기에 불과한 소년이었다. 금실처럼 반짝이는 금발과 호리호리한 체구는 중성적인 매력을 물씬 풍겼다.

기껏해야 열다섯 내외? 잘생긴 외모와 귀티는 귀족 출신일 것 같은 느낌을 물씬 풍겼다.

한스가 의아한 표정을 지으며 소년을 바라보고 있을 때, 그가 맞은편으로 다가오며 인사를 건넸다.

"인사드립니다. 제가 바로 리안입니다."

"……."

한스는 아무 말도 못했다.

멍한 표정으로 리즈를 바라보고 있던 그의 머릿속은 짧은 순간 수십 개의 생각이 교차하고 있었다.

"그러니까… 자네가 리안이라고?"

"그렇습니다."

"허, 허허! 지금 나와 장난을 하자는 건가?"

믿기지 않는 말에 한스의 얼굴에 분노가 서렸다.

리안의 이미지가 산산조각 난 것은 아무래도 상관없었다. 하지만 말도 안 되는 아이를 내세워 그의 행세를 하려는 것이 그의 분노에 불을 지폈다.

"믿기 쉽지 않으리라 생각했습니다. 그래서 제가 외부로 모습을 드러내지 않으려고 했던 것이기도 하고요."

"그러니까, 자네가 리안이라고?"

"믿기 힘들다는 것은 인정합니다."

"리안의 책은 그들의 삶이 녹아 있고, 철학적인 요소가 담겨 있다. 경망한 여자들은 그것을 단순한 로맨스 소설 취급하지만 그 안에는 인생이 담겨 있었다. 그 인생을 자네가 담아 냈다는 말인가?"

"……."

강하게 질책하는 그의 말에 리즈는 일순간 말문이 막히고 말았다.

그가 한 말은 가슴 깊숙이 파고들었다.

태블릿 PC를 보고 옮겨내어 출간한 소설은 전생에서 세계적으로 이름을 떨친 명작이다.

자신은 최악의 상황에서 살아남기 위해 그들의 명작을 이 세계 언어로 펼쳐냄으로써 부와 명예를 얻었다.

남의 성과물을 훔쳐냈다는 사실이 양심에 찔리게끔 했지

만 이 세계에서는 엄연한 자신의 작품이었다.

"믿기 힘들겠지만 사실입니다. 마탑주께서는 단지 보이는 것만으로 모든 것을 판단하시는지요?"

"흠!"

한스의 입에서 불편함이 담긴 헛기침이 흘러나왔다. 리즈의 말은 그가 출간한 소설의 교훈이라 할 수 있는 내용이었다.

소설 속에서 아름다운 여주인공은 자신의 미모를 활용하여 능력있는 남자와 결혼하고자 한다.

하지만 그녀는 남자의 마음이 아닌 겉으로 보이는 것만 평가했고, 결국 자신이 무시하던 남자가 일국의 왕자라는 사실이 알려지면서 땅을 치고 후회한다.

단지 이런 내용이라면 숱하게 널리고 널려 있다. 하지만 그 속에는 남녀 모두 공감할 수밖에 없는 심리 묘사와 씁쓸함을 만들어내어 가슴 깊숙이 파고든다.

리안의 단편집 중 한 부분인 이 내용은 남자와 여자 모두에게 경고하는 교훈적인 메시지가 담겨 있어 큰 인기를 얻었다.

"자네가 정말 리안이란 말인가?"

"믿기 힘드시겠지만 사실입니다. 간단한 테스트를 하셔도 좋습니다."

"……."

한스는 입을 다문 채 리즈의 눈을 응시했다. 그의 시선을 피하지 않고 마주하자 응접실은 침묵에 잠겨들었다.

잠시 후, 그가 살짝 고개를 숙이며 사과했다.

"미안하네, 내가 오해를 했군."

"믿어주시는 겁니까?"

"사람의 눈은 마음의 창인 법. 자네가 거짓을 말하지 않고 있단 걸 알게 되었다네. 내가 몰아붙여 화를 낸 걸 용서해주 게나."

"책에는 그렇게 적었지만 사람을 대함에 있어 겉모습이 큰 영향을 끼칠 수밖에 없단 걸 알고 있습니다. 오해가 풀어졌다 니 다행입니다."

차분한 리즈의 대답에 한스는 그가 리안이란 걸 확신할 수 있었다.

한창 때임에도 불구하고 그의 행동에는 나이에 맞지 않는 연륜이 느껴졌다.

때때로 시대를 역행하는 천재가 태어나는 법이기에 자신 의 잣대로 그를 판단한 감이 없지 않아 있었다.

"이해해주니 고맙네. 소개하지, 나는 북부 알라크 마탑주 한스라네."

알라크 마탑은 왕국에서 둘밖에 없는 마탑 중 하나로, 마탑 주인 한스가 8단계 마법사로 올라서 왕궁 마탑보다 더 큰 성 세를 누리는 곳이다.

이 세계에서 8단계 마법사는 능히 후작의 대접을 받는다.

그런 대단한 인물이 눈앞에 있다는 걸 확인하자 리즈는 가슴이 두근거리는 걸 느꼈다.

하지만 정작 자기소개를 하려니 그는 멈칫하고 말았다.

여기서 모든 것을 말하면 그토록 감추고자 했던 것이 백일하에 드러나는 것이다.

잠시 고민하던 그는 이미 모습을 드러낸 이상 물릴 수 없다는 걸 깨닫고 말문을 열었다.

"플레이드 백작가의 장자 리즈입니다. 알라크 마탑주 한스님을 뵙게 되어 영광입니다."

"플레이드 백작가의? 분명 그곳의 장자는 망나니라 생각했는… 허어!"

자기도 모르게 리즈의 정보를 떠올리며 중얼거리던 그는 감탄사를 터뜨렸다.

플레이드 백작가와 그론델 후작가의 전쟁은 마탑에 틀어박혀 있는 그조차도 알고 있을 만큼 유명했다.

두 가문의 전쟁은 향후 왕국 남부와 왕도에 큰 영향을 끼칠 만큼 대단한 전쟁이었으니까.

그러다 보니 자연스레 플레이드 백작가 장자에 대한 소문도 들었는데, 사생아 주제에 주색잡기에 빠져 가문의 이름에 먹칠을 하고 있다는 내용이었다.

한심한 귀족의 표본과도 같은 그가 실은 왕국 전역을 뒤흔들고 있는 소설가 리안이라니!

충격적인 사실에 한스는 고개를 절레절레 젓고 말았다.

"놀랍군, 놀라워."

"그럴 수밖에 없는 사정이 있습니다."

"사람은 각자의 사연을 품고 있는 법이지. 개인의 사정인 만큼 캐묻지는 않겠네."

"감사합니다."

"그나저나 자네가 리안일 줄은 몰랐어. 나와 비슷한 연배의 노인일 줄 알았건만."

한스가 미소를 지으며 말하자 분위기가 한결 가벼워졌다.

크게 개의치 않는 모습에 리즈도 어느 정도 마음을 놓고 편히 말할 수 있었다.

"아시다시피 대외적인 활동을 할 수 있는 입장이 아니었습니다."

"그럴 테지, 특히 플레이드 가문에서는 더더욱."

말을 하는 그의 눈에 언짢음이 서렸다가 사라졌다.

플레이드 백작가는 정통적으로 검을 숭상하는 가문이다. 마법을 천시하지는 않지만 검을 우상화시키기에 마법사들은 좋아하지 않는다.

"솔직히 탑주님이 절 만나고 싶다고 하셔서 놀랐습니다."

"자네의 책을 읽고 깨달음을 얻을 수 있었지. 개인적으로 자네의 팬이기도 했고."

한스는 리즈가 출간했던 책을 읊으면서 내용에 대해 말을 꺼내놓았다.

그중에는 시리즈로 구성된 것도 있고, 단편으로 구성된 것도 있다.

그의 신분은 마탑주였지만 지금 이 자리에서는 동경하던 소설가를 만난 독자에 불과했다.

리즈는 그가 의문을 제시하면 자신의 생각을 풀어놓았다.

전생에 존재하던 명작들이지만 이곳의 언어로 번역하기 위해서는 언어의 표현력도 필요했지만 그보다 더욱 중요한 것은 다름 아닌 작품의 이해였다.

그는 속으로 다른 이의 작품을 도용했다고 생각했지만 새로운 언어, 새로운 표현으로 대체된 작품은 새롭게 탄생할 수밖에 없다.

때문에 작품에 대한 이해도는 결코 떨어지지 않았다.

"그렇군, 허허!"

대화를 나누는 한스의 입가에는 진한 미소가 걸려 있었다. 궁금했던 점도 있고, 어떻게 하면 그렇게 진행될 수 있는지 궁금하기도 했다.

세세한 리즈의 답변은 궁금증을 풀 뿐만 아니라 그가 직접 집필했다는 것을 다시 깨닫게 했다.

"리안이 이렇게 젊은 소년일 줄 몰랐어. 세상 사람들이 알게 되면 놀라겠군."

"밝힐 수 없는 신분이지요."

"밝히지 않겠다고? 영원히 숨길 수 있다고 생각하는 겐가?"

"그게 가능하다고 생각하지는 않습니다. 하지만 있는 힘껏 숨길 생각입니다. 밝혀져서 좋을 것도 없고……."

"그건 하기 나름이겠지. 으음!"

한스는 뭐라 말을 해주고 싶었지만 그 또한 아는 바가 많지 않았기에 더 권하기 힘들었다.

세상 사람들은 소설가 리안에 대한 환상으로 가득했다.

특히 그의 로맨스 소설에 매료된 귀부인들이 그러했는데, 왕도는 물론 왕국 전역에서 연극단이 연극을 구성할 때 가장 많이 참고하는 것이 그의 소설이었다.

뛰어난 유명세를 지녔음에도 그것을 겉으로 드러내지 못하는 것이 의아하게 여겨질 수밖에 없었다.

'각자의 사정이 있는 법이겠지.'

리즈가 자신의 정체를 밝히기 싫어하는 모습에 한스는 더 권유하길 멈췄다.

"한 가지 부탁을 드려도 되겠습니까?"

"말해보게."

"제가 마법을 익히려고 합니다. 하지만 정식으로 스승을 모시지 못해 아무것도 하지 못하고 있는 실정입니다."

"호오, 마법을? 어떤 걸 묻고 싶은가?"

"가장 기초적인 것부터 시작해서 여러 가지를 물어보고 싶은데 괜찮겠습니까?"

"물론이지."

마법사는 검술처럼 그다지 폐쇄적인 성향을 보이지 않는
다.

가문 대대로 전수되는 비전 같은 것과 달리, 마법은 이미
마법서가 널리 보급되어 돈만 있으면 10단계 마법서까지 구
입하는 것이 가능했다.

또한 가장 기초적인 이론이 마법의 근간을 이루기에 마법
사들은 가르침에 인색하지 않다.

'가르치면서 깨달음을 얻는다.'

이는 마법사들이 신조처럼 여기는 말이다.

물론, 그들도 각자의 비전이 있고, 이는 공개를 하지 않겠
지만 일반적으로 널리 알려진 이론에 대해서는 기꺼이 가르
침을 베푼다.

"감사합니다."

"그럼 말해보게."

"아! 제가 아직 생각 정리가 되지 않아서……. 솔직히 이리
도 흔쾌히 수락해주실 줄 몰랐습니다."

"허허, 마법사들은 가르침에 인색하지 않지. 그럼 내일 오
게나."

"그래도 되겠습니까?"

크게 기대하지 않았던 리즈로서는 반색할 수밖에 없었다.

마법서를 구입했지만 그는 아직까지 마법에 입문하지 못한 상황이었다.

서클론부터 시작하여 각 단계의 습득과 마나 활용도 등 홀로 마법을 독학하기에는 너무나 많은 난관이 도사리고 있었다.

그 부분을 해결하기 위해서는 앞서 길을 개척한 선구자의 도움이 필요했다.

"날 위해 기꺼이 정체를 드러냈는데 이 정도도 못할까. 내일 이 시간에 다시 보도록 하지."

"알겠습니다. 그럼 내일 뵙겠습니다."

감사의 의미를 담아 고개를 숙인 리즈가 밖으로 나가자 한스가 미소를 지으며 의자에 몸을 묻었다.

식어버린 찻잔을 든 그가 중얼거렸다.

"리안이 저렇게 어릴 줄은. 밝혀지면 한 차례 큰 폭풍이 불겠군."

제4장
그녀와의 만남

저택으로 돌아온 리즈는 침상에 쓰러지듯 몸을 묻었다.

마탑주 한스와의 만남은 색다른 경험이었다. 존재 자체만으로 한없이 빨려 들어가는 듯한 존재감은 색다름을 선사했다.

"생각보다 큰 수확이었어."

난관이 예상되었지만 짧은 시간 동안 친해진 것 같아 내심 안도했다.

마법사들 중 괴짜가 많다고 해서 걱정을 했지만 기우라는 듯, 한스는 시종일관 자신에게 호의를 보였다.

뿐만 아니라 내심 노리고 있던 바가 먹혀들어 다행이라 생각했다.

"내일이면 모든 게 다 결정되겠군."

플레이드 백작가는 검을 숭상하는 가문이기에 리즈는 공개적으로 마법을 익히질 못했다.

외부에서 마법사를 초빙할 경우, 의심을 살 수 있고 가까스로 무마시켜놓은 백작부인의 마수가 다시 한 번 자신에게 뻗어올 수 있어서였다.

그렇기에 책을 출간함으로써 마법서를 구입할 재력을 구축해 놓았고, 만들어놓은 인맥을 통해 개인적으로 마법사 자질을 알아보려고 하는 것이다.

다른 누군가를 통해 알아보지 못했기에 마법에 대해 알고 있는 것은 기초적인 이론뿐이었다.

산더미처럼 쌓인 궁금증을 떠올리며 눈을 감았다.

"빨리 내일이 왔으면 좋겠군."

다음 날, 약속 시간에 맞춰 상단 건물에 도착한 그는 의미심장한 미소를 짓고 있는 라파드와 마주할 수 있었다.

"축하한다."

"뭘?"

"마탑주님과 좋은 관계를 유지했더군."

"그야 뭐."

"덕분에 나도 좋은 거래를 할 수 있었다. 앞으로 탄탄대로

다, 흐흐!'

라파드의 입가에 웃음이 걸렸다. 어제 리즈가 떠난 뒤, 라파드는 한스와 대면할 수 있었다.

앞서 좋은 시간을 가졌던 그는 라파드와 대화를 나누면서 상단의 이권이랄 수 있는 여러 가지를 베풀어주었다.

그에게는 아무것도 아니지만 라파드에게는 고정적인 수입원이 생길 수 있었다.

물론 이러한 것은 부수적인 것에 불과했다.

그보다 더 큰 것은 라파드 상단이 알라크 마탑과 친분을 만들어놓은 걸 외부적으로 공표할 수 있다는 사실이다.

왕국 유일의 8단계 마법사가 자리하고 있는 마탑과 친분 있다는 것은 누구도 함부로 건드릴 수 없다는 걸 뜻했다.

라파드로서는 대어를 건진 셈이었다.

"그렇군. 일정 부분은 내 몫이란 걸 알고 있지?"

"알고 있습니다, 대주주님."

"안내나 해줘."

어깨를 으쓱한 리즈의 말에 그는 실실거리면서 한스가 있는 방으로 안내했다.

"어서 오게."

안으로 들어서자 한스가 반갑게 맞이해 주었다.

"실례하겠습니다."

그렇게 말을 한 리즈가 맞은편에 앉자 그가 기대감 섞인 눈을 한 채 말했다.

"자네가 어떤 질문을 할지 기대되는군."

"일단 제가 마법사로서 얼마만큼의 재능이 있는지 봐주시 겠습니까?"

"재능이라, 어렵지는 않지."

한스가 손을 들자 마나 유동이 일어났다. 그리고 리즈는 무 언가가 자신의 몸을 스치고 지나가는 것을 느낄 수 있었다.

그는 이것이 말로만 듣던 스캔이라는 것을 깨달았다.

마법사들은 마법사의 적성을 알아보기 위해 스캔이란 마 법을 시전한다.

간단하게 마나로 전신을 샤워하듯 뿌려주면 어떤 반응을 보이는지 알아보는 것이다. 이를 통해 마법사로서의 재능을 판가름한다.

"흠!"

"어떻습니까?"

"솔직히 말하자면 그리 뛰어나지 않아. 평범하다고 할 수 있군."

평범하다는 말이 실망을 불러일으킬 수도 있지만 리즈는 그렇게 생각하지 않았다.

일단 마법사가 될 수 있다는 것만으로 마나와 친화력이 있 다는 뜻이다. 평범하다는 것은 노력 여하에 따라 한계의 틀을 깨버릴 수 있다.

"그리고 마나연공법을 익혔군?"

"예, 가문의 규율에 따라 익혔습니다."

"그래서 상태가 나쁘지 않았던 거로군. 그 부분은 어릴 때부터 수련하는 것이 좋으니까."

만약 리즈가 마나연공법을 익히지 않았다면 재능이 있더라도 고위 마법사로 향하는 출구는 닫혀 있다고 할 수 있다. 하지만 마나연공법을 익힘으로써 높은 곳으로 향할 수 있는 토대를 마련해 놓은 것이다.

"그래, 내게 궁금한 게 뭔가?"

"서클론에 대해 자세히 듣고 싶습니다."

"흠? 서클론이라면 책에 나와 있을 텐데."

"하지만 서클과 단계가 어찌하여 분리되어 있는지 잘 모르겠습니다."

"그렇군. 그것이 궁금했어."

서클과 단계는 마법에 있어 가장 기초적이면서 가장 어려운 것이다.

한스는 차를 한 모금 들었다. 긴 이야기를 시작하기 위해서는 목을 축여둬야 했다.

"서클은 요컨대 기사의 육체와도 같네."

"예?"

"서클은 마법사들이 마법을 발동시키기 위한 가장 기본적인 것이지. 이를 통해 마법사들은 외부의 마나와 공명을 일으키고 수식을 풀어냄으로써 마법을 시전하지."

그의 설명은 길었지만 놓칠 수 없는 이론들로 가득했다.

현 대륙에서는 마법을 캐스팅하고 시전하기 위해서는 서클이 필요로 했다.

이는 절대적인 공식이 아니지만 수백 년 동안 축적된 노하우를 통해 서클이 가장 빠르고 안전하게 마법을 시전할 수 있다는 연구 결과가 나왔다.

마법사는 심장에 서클을 형성한다. 그들은 서클을 형성하기 위해 마나연공법을 익히는데, 각기 특별한 비전을 통해 서클을 만든다.

순수한 마나덩어리인 서클은 시전자의 의지에 따라 빠르게 회전한다. 그리고 서클의 숫자가 늘어날수록 회전은 더욱 빨라진다.

서클의 회전 속도에 따라 대기에 공명하는 마나의 양도 달라진다. 이는 곧, 서클이 많을수록 더 많은 양의 마나를 빠르게 동원할 수 있다는 뜻이다.

"서클이 절대공식은 아니지만 서클이 존재함으로써 마법은 더욱 빠르고 강력해졌지."

"그렇다면 탑주님은 심장에 여덟 개의 서클이 있는 것입니까?"

"아니, 내 심장에는 일곱 개의 서클밖에 없다네."

"예?"

예상했던 것과 다른 말에 리즈는 놀란 표정을 지었다.

입가에 미소를 지은 한스가 말을 이어나갔다.

"마법사들을 평가하길, 흔히 서클이 아닌 단계로 자신의 경지를 평가받고는 하지. 이는 마법사 개인의 역량을 평가받는 것과 같다네."

서클은 마법을 캐스팅함에 있어 속도와 위력에 영향을 끼칠 뿐, 단계에 절대적인 영향을 끼치는 것은 아니다.

가령 한 개의 서클이 존재한다고 하자.

그렇다고 2단계의 마법을 캐스팅 못하는 것은 아니다.

마법사가 충분한 마나를 동원할 수 있고, 수식을 풀어낼 수 있다면 2단계 마법을 시전할 수 있다.

하지만 그 과정에서 걸리는 시간은 실로 막대하다.

"요컨대 효율적인 면이 문제인 셈이지. 내가 8단계 마법사로 대접받는 것은 깨달음을 통해 수식을 풀어내는 시간을 대폭 줄여서라네. 다른 마법사들도 무리를 한다면 충분히 8단계 마법을 시전할 수 있지."

"그렇군요. 무척 복잡한 것 같습니다."

"마법이란 게 그렇지. 서클은 마법사의 가장 기본적인 요소지만 수식을 풀어내는 단계가 더 중요하다고 할 수 있지. 충분히 마나를 동원했음에도 수식을 풀어내지 못하면 마법을 시전하지 못하니까."

"아!"

완전히 이해한 리즈는 나직한 감탄과 함께 고개를 끄덕였다.

서클은 한스의 말처럼 검사의 육체였다.

그리고 단계는 검사의 검술이었다.

육체적인 능력이 아무리 뛰어나도 결국 힘이 세고 빠를 뿐이다. 정교함이 떨어지는 검사는 전장에서 오래 버티지 못한다.

검술에 해당하는 단계를 갈고 닦아야 서클이 제 힘을 발휘할 수 있다는 뜻이었다.

이는 결국 인간의 이해 능력과 관련된 부분이다.

"대부분의 마법사가 가지고 있는 딜레마지. 서클을 통해 마나를 동원할 수 있지만 인간의 이해 능력으로 풀어낼 수 있는 수식은 한계가 존재하니까."

"그렇군요."

마나가 넘쳐남에도 불구하고 마법을 시전하지 못하는 아이러니한 상황이었다.

"자네가 마법을 익히기 위해서는 서클부터 만들어야 할 걸세."

"서클을 만들고 마법 수식을 풀어내야 하는군요."

"그나마 낮은 단계의 마법은 반복적인 학습을 통해 캐스팅 속도를 낮출 수 있지. 하지만 고위 마법의 경우는 그마저도 불가능하지."

세상 환경이 모두 같지 않다. 마나의 대기 분포도와 자신의 컨디션 등이 마법 시전에 영향을 끼치기에 그 부분까지 고려하는 천부적인 감각도 필요로 했다.

"보아하니 마법을 익히려고 하는 건데 내 생각이 맞나?"

"네, 그렇습니다."

"흠, 그렇다면 서클을 만드는 것을 모르고 있겠군? 그 부분에 대해 내가 가르쳐줄 수 있네만."

"그, 그게 정말입니까?"

"이미 다 공개되어 있는 이론이지. 하지만 홀로 만드는 서클은 위험하다네. 선배 마법사가 이끌어줌으로써 안전하게 안착할 수 있다면 그 다음 또한 어렵지 않게 전진하는 게 가능하지."

"부탁드리겠습니다!"

리즈는 망설이지 않고 고개 숙여 부탁했다.

언제 죽을지 모르는 상황에서 마법은 목숨을 연명할 수 있는 비장의 수단이었다. 무슨 수를 써서라도 익히고 싶은 것이 그의 소망이었다.

"내게 깨달음을 안겨다주었는데 그 정도도 못해줄까. 다만 앞으로도 활발한 창작 활동으로 이 늙은이의 적적함을 달래주게."

"감사합니다, 정말 감사합니다."

푸근한 미소를 짓는 한스를 보며 리즈는 거듭 고개를 숙였다.

눈물이 나올 것 같았지만 꾹 참아야 했다.

두 사람은 자리를 옮겼다.

말이 나온 김에 한스는 곧장 리즈에게 서클 만드는 것을 돕겠다고 했다.

"서클은 마나 덩어리로 만들어진 고리지. 순수한 마나일수록 공명을 일으키기 쉽고 다음 단계로 나아가는데 도움이 되지."

그 말과 함께 리즈를 자리에 앉힌 그가 손을 뻗었다.

우웅!

대기에 퍼진 마나가 물결치듯 꿈틀거리면서 리즈의 몸을 감싸기 시작했다.

갑작스러운 상황이었지만 담담히 눈을 감고 몸에 일어나는 변화를 받아들였다.

전신을 감싸던 마나는 서서히 전신으로 흡수되기 시작했다. 리즈는 체내로 파고든 마나가 내부를 휘젓기 시작하자 깜짝 놀랐다.

거침없이 내부를 누비던 마나는 이내 마나 홀에 뭉쳐 있는 리즈의 마나를 끄집어내기 시작했다.

일련의 과정이 무엇을 의미하는지 알아차린 그는 아무런 대응을 하지 않고 한스가 이끄는 대로 마나를 움직이게 놔두었다.

마나 홀에서 끄집어진 마나가 도착한 곳은 심장 부근이었다.

두근거리는 심장 박동 소리와 함께 부드러운 감촉이 들더니 마나가 움직였다.

"마나를 움직여 원을 만든다고 생각하게."

한스의 목소리에 고개를 끄덕인 리즈가 정신을 집중하여 마나를 움직였다.

그의 의지대로 움직인 마나는 심장을 감싸기 시작했다.

이것이 다름 아닌 서클이다. 한스는 리즈를 지켜보면서 그가 서클 만드는 과정을 지켜보았다.

심장에 고리를 만든다고 해서 모든 게 끝나는 것이 아니다.

고리 하나가 만들어지자 한스가 말했다.

"지금 상태로 가만히 있게."

그 말과 함께 그는 마법을 캐스팅하기 시작했다.

서클을 만들기 위해서는 선배 마법사의 도움을 받아야 했다.

이후, 새로운 서클을 만드는 것은 스스로 할 수 있지만 첫 번째 서클은 선배 마법사의 도움을 통해 차질없이 탄탄하게 만드는 것이 중요했다.

이른바 기초 공사였다.

웅웅거리는 소리가 울려 퍼지면서 리즈의 심장을 감싼 고리가 단단해졌다.

조금이라도 마음을 놓으면 흩어질 것 같던 마나가 군자 놀란 표정을 지었다.

"이게 서클……?"

심장에 자리한 서클을 자각하고 마나를 운용하자 대기의 마나가 꿈틀거리는 게 느껴졌다.

"마법사가 된 걸 축하하네."

"마법사……?"

"서클은 마법사의 증거. 대기와 공명하여 마법을 캐스팅할 수 있으니 수식을 풀어낼 수 있으면 정식 마법사가 되는 걸세. 지금은 반만 마법사라고 할 수 있겠군."

"…그렇군요."

아직까지 자신이 마법사가 된 건지 믿기지 않아 얼떨떨했다.

하지만 한 가지 확실한 것은 가장 중요한 고비를 넘겼다는 점이다.

"감사합니다!"

"허허, 애독자로서 이 정도는 해줄 수 있지. 이제 남은 것은 자네가 알아서 해야 할 것이야."

"물론입니다."

"힘든 길일 터. 포기하지 않고 정진하도록 하게."

리즈는 한스를 만난 것이 환생 후 최고의 선택이라 생각했다.

서클을 만드는 일련의 과정을 보면 결코 남에게 순수한 마음으로 베풀 수 있는 것이 아니었다.

감당할 수 없을 만큼 큰 은혜를 입었다는 생각이 들었다.

"나도 마법사구나."

이제부터 리즈 자신은 정식 마법사였다.

며칠 동안 머물던 한스는 마탑으로 돌아갔다.

그동안 리즈는 부지런히 그를 찾아 여러 이야기를 나누고는 했다.

한스는 그에게 가르침을 아끼지 않고 궁금증을 풀어주었다.

정식으로 인연을 나누지 않았지만 한스는 리즈를 제자처럼 아껴주면서 마법사로서 범하지 말아야 할 것과 나아가야 할 길을 일러주었다.

짧은 시간이었지만 그에게 있어 한스와 함께한 시간은 너무나 유익했다.

"그나저나 캐스팅이라……."

홀로 남은 리즈는 마법을 독학하면서 시간을 보냈다.

마나연공법으로 끌어 모은 마나는 제법 양이 많았다. 이는 곧 두 번째 서클 제작이 가능하다는 걸 뜻했지만 그는 서클을 만들지 않았다.

근육도 쓰지 않으면 풀어지듯이 서클 또한 비슷했다.

현재 그는 1단계 마법을 간신히 시전하는 단계였다. 이런 상황에서 두 번째 서클을 완성한다 한들 사용할 길이 없었다.

사용하지 않는 서클은 퇴화되어 어느 순간 사라져 버린다.

특히나 첫 번째 서클을 만든 지 얼마 되지 않는 그에게 있어 과욕은 금물이었다.

대신 마나연공법에 신경을 기울였다.

체내에 축적된 마나는 나중에 이르러 다음 서클을 만드는 데 사용될 터였다.

"마법 캐스팅이 너무 느린데."

서클 문제에서 벗어난 리즈는 인상을 찌푸렸다.

마음먹은 것처럼 마법을 캐스팅하는 일이 쉽지 않았던 것이다.

마법을 시전하는 것은 결코 쉽지 않았다.

서클로 마나를 운용함과 동시에 수식을 풀어내야 한다. 주변 상황까지 고려하여 캐스팅을 하려면 동시에 세 가지 작업을 해야 한다는 뜻이다.

그로서는 이 일련의 작업이 원활하지 않을 수밖에 없었다. 그리고 마법사들이 얼마나 대단한 존재들인지 새삼 깨달을 수 있었다.

"수식을 풀어내는 것이 제일 복잡하군."

솔직히 수식 자체를 푸는 것은 어렵지 않다.

하지만 마나를 운용하면서 수식을 푸는 것은 쉽지 않다.

마치 격렬한 운동을 하면서 수학 문제를 푸는 느낌이랄까.

간단한 문제라면 숙달된 수식을 통해 간단하게 풀어낼 수 있지만 동시에 겸하여 풀어낸다는 것은 만만히 볼일이 아니었다.

푸시시.

"제길."

간단한 파이어 마법도 정신 집중이 풀어지는 순간 흩어지는 것을 보곤 욕설을 뱉었다.

마음속은 이미 높은 곳을 점하고 있는데 현실은 1단계에서 빌빌거리고 있으니 마음에 들 리 없었다.

"일단 숙달시켜야겠구나."

지금 할 수 있는 것은 그것밖에 없다고 생각한 리즈는 머리가 복잡해졌다.

마법은 수학과 일맥상통하는 부분이 많다.

이 말은 곧, 기초 수식이 고단계 마법에 그대로 적용되기에 허술하게 익혀 버리면 고위 마법에는 입문조차 못하는 상황이 벌어진다.

좋으나 싫으나 지극히 기초적인 1단계 마법이 매달려야 했다.

복잡한 마음을 털어버리기 위해 산책로로 향했다.

가끔 이렇게 여유를 부리면 잔뜩 쫓기던 마음이 풀어지고는 했다.

산책로를 걷던 리즈는 멀리서 한 인영의 모습이 보이자 고개를 갸웃했다.

거리가 멀어 제대로 확인하지 못했지만 자신과 비슷한 나이 또래의 여자아이가 있었던 것이다.

'가문에 비슷한 나이대 여자애가 있던가?'

그럴 리 없었다.

아버지인 백작은 본부인 외에도 여러 명의 첩을 거느렸고 자식을 낳았지만 자신과 비슷한 나이대의 아이는 동생인 칼스밖에 없었다.

"어?"

눈으로 확인 가능한 거리까지 도달하자 리즈는 깜짝 놀라고 말았다.

그 속에 섞여 있는 것은 진한 감탄이었다.

눈앞에 서 있는 여자아이의 미모에 저도 모르게 소리를 낸 것이다.

십오 세 전후로 보이는 소녀는 멍한 시선으로 산책로에 핀 꽃을 바라보고 있었다.

흔한 품종의 꽃에 불과했지만 넋을 잃은 채 바라보는 소녀의 모습은 아름다웠다.

얼굴에 표정이 없었지만 새하얀 얼굴에 반짝이는 은발은 사람보다 인형 같다는 생각을 들게끔 했다.

"……."

리즈가 낸 소리에 소녀가 고개를 돌렸다.

옆에서 본 것보다 앞에서 보는 게 훨씬 예쁘다는 생각이 들었다.

멍하게 바라보던 그는 자기도 모르게 정신을 차렸다.

'나도 참 주책이지.'

스스로 늙었다고 생각하지는 않았지만 전생과 현생을 합치면 사십여 년을 살았다. 그 나이대 느낌은 아니지만 적어도 또래보다 성숙하다고 생각했다.

그런 자신이 한창 성장기인 여자아이를 보고 넋을 잃은 것이다.

예쁜 것은 부인할 수 없는 사실이지만 입맛이 썼다.

어린 여자아이를 이성으로 본 것에 씁쓸함을 느꼈달까?

"에휴!"

한숨을 내쉬는 그를 보며 무표정하던 소녀의 눈에 이채가 스쳤다.

그것은 아주 잠깐의 순간에 불과했다.

그걸 보지 못한 리즈는 분위기가 어색하게 가라앉자 먼저 입을 열었다.

"안녕?"

"……."

소녀는 아무 말도 하지 않은 채 살짝 고개를 까닥였다. 유심히 보지 않으면 무시하고 있는 것처럼 느껴질 정도였다.

"우리 가문 사람이니? 아니면 손님?"

"……."

"말을 못하니?"

혼자 떠드는 느낌에 리즈가 의아함을 느끼며 묻자 소녀가 마침내 입을 열었다.

"…해. 손님이야."

"그렇구나. 뭐, 그럴 것 같았어."

그게 아니면 이곳에 있을 이유가 없었다. 확신을 얻은 리즈는 고개를 끄덕이고는 소녀를 바라보았다.

다시 보아도 참 인형 같은 아름다움이었다.

'그저 예쁘다고 생각할 뿐이다. 난 로리가 아니다. 로리가 아니야.'

시선이 가는 건 그저 예뻐서 그렇다고 생각하며 스스로 최면을 걸었다.

혼자 북 치고 장구 치는 리즈를 보면서 소녀가 고개를 기울였다.

"…왜?"

"응? 하하! 예뻐서 보는 거니까 오해하지 말아줘. 다른 마음은 없으니까."

그의 말에 소녀는 고개를 끄덕인 뒤 꽃을 향해 시선을 옮겼다. 분위기가 어색해진 리즈도 그녀를 따라 꽃에 시선을 두었다.

"…이 꽃을 어떻게 생각해?"

"응? 무슨 뜻이야?"

"그냥, 이 꽃을 어떻게 생각하는지 듣고 싶어."

소녀의 음성은 차분하면서 느릿했다. 그 이야기를 들은 리즈는 순간 그녀가 고리타분한 귀족 영애의 슬픈 운명을 구구절절 읊는가 싶었다.

때때로 그런 귀족 아가씨가 있었다.

로맨스 소설을 탐독하며 자신을 둘러싸고 있는 환경이 답답하다고 느끼는 종류의 여자가.

그녀들은 자유를 갈망하며 자신을 감싸고 있는 주변 환경에서 벗어나고자 한다.

결국 벗어나 봤자 겪는 것은 혹독한 세상일 뿐인데.

"행복한 운명이지."

"행복한 운명?"

"그래, 만약 이 꽃이 저기 바깥 길바닥에 있었으면 어떻게 됐을까? 제대로 된 보살핌도 받지 못한 채 사람들에게 밟혀 꽃을 피워보지도 못했을 거야. 하지만 이곳은 다르지. 꽃을 피우기 위해 따뜻한 보살핌을 받고 있어. 그 환경에 감사하는 마음을 가져야지."

'이 정도면 알아듣겠지? 뭐, 반발하려나?'

대놓고 허튼 생각을 하지 말고 주어진 환경에 감사하라는 내용의 말이었다.

철없는 귀족 아가씨라면 자신의 로망을 깨버렸다며 화를 낼 터였다.

하지만 그녀의 반응은 그의 예상과 달랐다.

"맞는 말이라고 생각해."

"그, 그래?"

"꽃은 누군가에게 보이고자 피어 있으니까."

"그, 그렇지."

"그게 나쁘다고 생각하지 않아. 하지만……."

소녀는 돌연 말끝을 흐렸다. 무슨 말이 나올지 몰라 리즈는 궁금함이 담긴 표정으로 그녀의 말을 기다렸다.

"만약 더 아름다워진다면?"

"뭐?"

리즈의 반문에 소녀가 몸을 돌렸다. 시선을 마주친 그는 자기도 모르게 몸을 움찔 떨었다. 무슨 현상인지 모르나 알 수 없는 기운이 전신을 속박하는 느낌이었다.

무엇보다 마주친 그녀의 눈은 오늘 만난 이 자리에서 처음 보는 생기가 감돌고 있었다.

"…나 예쁘지 않아?"

"예, 예쁘지."

자신의 외모를 객관적으로 알고 있는 것이 중요하다. 거기에서 과장이 보태지면 공주병이지만 소녀는 충분히 자기 외모에 자부심을 가질 만한 축에 속했다.

"만약 여기서 더 예뻐지면……?"

"더 예뻐져?"

지금도 아름다운 소녀가 더 아름다워지면 어떤 일이 벌어질지 상상조차 하기 힘들었다.

경국지색이란 말이 있는 것처럼 나중에 아름다움이 만개했을 때 나라가 뒤흔들릴지도 몰랐다.

"전쟁이 일어날지도? 하하! 예쁜 게 참 피곤해질 수도 있겠다."

"그렇지? 지금만으로도 충분하지?"

"마치 더 예뻐질 수 있는 것처럼 말하네?"

"……."

소녀는 대답하지 않았다. 머쓱해진 리즈는 머리를 긁적이며 고개를 돌렸다.

"운명을 뒤집을 수 있는 힘이 있다면?"

"운명을 뒤집을 힘? 사랑은 좋지만 현실적이지는 않아."

"그런 게 아니야. 내가 말하는 건 순수한 힘."

느릿하지만 또박또박 말하는 모습에 리즈는 표정을 굳혔다.

아름다운 미모를 지니고 순수한 힘까지 겸비한다?

그리되면 어떤 일이 벌어질지 감히 상상하기 힘들었다.

"잘 모르겠네. 하지만 한 가지는 확실하지 않겠어?"

"……?"

소녀의 눈에 이채가 스친다.

자신의 말에 반응하는 모습이 재미있어 리즈의 입가에 미소가 걸렸다.

"적어도 내 운명을 스스로 선택할 수 있다는 것."

그렇기에 그는 힘을 갈망했다.

검을 숭상하는 가문에서 태어나 좋은 환경이 주어졌지만 재능이 받쳐 주지 못했다. 마법으로 우회한 것은 어려운 길을 택한 게 아니라 힘을 갖기 위한 그만의 고육지책이었다.

'그 힘이 있었으면 내가 이렇게 아등바등 발버둥칠 이유가 없겠지.'

가끔은 자신이 거미줄에 걸려 부질없는 몸부림을 치는 게 아닐까 생각이 들고는 했다.

동생 칼스가 성장해감에 따라 자신의 존재가 점점 더 걸리적거릴 테니까.

플레이드 백작과 백작부인이 마음을 먹는 순간, 자신은 길거리에 굴러다니는 돌멩이처럼 치워질 것임이 분명했다.

"그 힘을 지니지 못해 사람들은 발버둥치는 거야."

"힘이 있으면 피곤하지 않아?"

리즈의 시선이 그녀에게 향했다. 그리고 저도 모르게 피식 웃음을 지었다.

아주 간단한 문제임에도 세상의 모든 짐을 떠안은 듯한 그녀의 모습이 재미있었던 것이다.

그제야 소녀가 나이대 여자아이처럼 보였다.

리즈는 손을 뻗어 그녀의 머리를 쓰다듬었다. 비단처럼 부드러운 감촉이 손을 간질였다.

"한 번 태어났으면 기왕지사 내 뜻대로 살아봐야 하지 않겠어? 힘을 얻을 수 있음에도 피하는 건 어리석은 겁쟁이야. 자신의 운명조차 감당하지 못하는 겁쟁이."

"……"

놀란 듯 눈을 동그랗게 뜨고 있는 그녀를 보며 리즈는 손을 거뒀다.

"이크, 성난 곰이 오네. 예쁜 아가씨, 무슨 고민을 하고 있는지 모르겠지만 주어진 것도 활용하지 못하면 바보나 다름 없어. 그러니 힘껏 발버둥쳐서 운명에 벗어나 봐."

그 말을 끝으로 그는 몸을 돌려 산책로를 벗어났다.

자신을 눈엣가시처럼 여기는 칼스와 있어 봤자 피곤할 뿐이었다.

"…정말 곰이네."

쿵쾅거리며 다가오는 칼스를 보며 소녀는 동감하는 듯 고개를 끄덕였다.

비유 하나만큼은 기가 막히게 한 셈이다.

"괜찮으십니까?"

누가 들으면 해코지 당할 뻔한 것처럼 묻는 그였다.

그녀가 아무 말도 하지 않고 있자 칼스가 분개하며 목소리를 높였다.

"리즈 이놈! 감히 레이디에게 무례를 범하다니!"

전후사정도 알지 못한 채 제멋대로 결론을 내려버리는 모습. 그녀의 마음속에 칼스는 사정없이 마이너스 당하는 순간이었다.

하지만 그 덕분에 수확도 있었다.

"리즈."

자신의 머리를 희롱하고 사라진 남자의 이름.

멀어지던 그의 모습은 그녀의 가슴속 깊숙이 자리했다.

"즐거워 보이는구나."

중후한 목소리가 귓가를 파고들자 소녀는 고개를 돌려 음성의 진원지를 바라보았다.

멋들어지게 콧수염을 기른 중년인이 입가에 미소를 짓고 그녀를 바라보고 있었다.

"너의 그런 모습을 보는 것은 좀처럼 흔하지 않아서 말이다."

"…그런가요?"

"그렇고말고. 오죽하면 형님이 네가 사람이 아닌 인형 같다고 평했을까."

"…죄송해요."

"죄송할 것은 없다. 어디까지나 네 성격일 뿐이니. 다만 삼촌의 입장에서 네가 이렇게 생기있는 모습을 보였으면 좋겠다."

남들이 보면 소녀의 모습은 평상시와 다를 바 없다.

하지만 그녀를 어릴 때부터 지켜보던 중년인은 지켜보는 것만으로도 상당히 기분 좋은 상태임을 알 수 있었다.

큰 변화는 아니지만 주변의 공기와 기질 자체로 판단한 것이다.

"무슨 이유인지 물어봐도 되겠느냐?"

"그냥, 마음에 들어서요."

"호오, 플레이드 백작가가 마음에 들었다는 것이냐?"

"……."

소녀는 대답하지 않은 채 고개를 저었다. 전쟁 중인 것을 떠나 같은 검을 숭상하는 플레이드 백작가는 자신의 가문과 분위기가 사뭇 달랐다. 또한 자신에게 무언의 기대를 거는 것이 마음에 들지 않았다. 한 차례 만남으로 뜻을 정할 수 있었지만 모든 것을 짊어지기에는 너무 어렸다.

"그럼?"

"…마음에 드는 사람을 봤어요."

"마음에 드는 사람이라고? 허어, 이거 놀랍구나. 형님이 들으면 펄쩍 뛸 이야기겠어."

가주의 입장인 형님은 펄쩍 뛸 것이 분명했지만 그는 달랐다. 언제나 인형처럼 매사에 수동적이던 조카가 능동적으로 바뀌자 호기심이 들었다.

도대체 누가 그녀의 마음에 든 것일까.

어린 시절부터 검에 매진하여 늦은 나이까지 혼인을 못한 그이기에 조카인 그녀는 마치 딸과 같았다.

제 자식에 관대한 것처럼 조카인 그녀는 놀라운 재능을 지니고 있고, 또래에 비해 성숙한 사고를 지니고 있다.

하지만 지독하리만치 무기력했고, 수동적이었다.

잘못 건드리면 산산이 부서질 것 같은 유리와 같았기에 가주인 형님이나 자신 모두 그녀를 대함에 있어 조심스럽기 그지없었다.

'그 녀석이 누구일까. 섭섭한 마음이 드는 것을 보면 나도 평범한 필부에 지나지 않았군.'

마치 딸을 빼앗긴 아버지의 입장이 된 것 같아 눈을 감았다.

왕국에서 위세 높은 카리온 공작의 동생이자 마스터로 이름 높은 엘카스 백작도 한순간 욱하는 마음을 참지 못했다.

"네가 누구를 마음에 들어 했는지 묻지 않으마. 다만 모든 행동을 함에 있어 책임감을 지녀야 한다. 그것만 명심하면 된다."

"…네."

"그래, 그거면 됐다."

조카에게 못난 모습을 보일 수 없어 흔쾌히 넘어갔지만 머릿속으로는 생각이 이어지고 있었다.

'플레이드 백작가에 마음에 드는 녀석이라, 일단 조사를 해봐야겠군.'

어떻게 해야겠다는 생각은 아니었다.

다만 자신도 해내지 못한 조카의 무기력함을 깨버린 녀석이 누구인지 알고 싶었다.

이런 엘카스 백작의 마음을 모르는 그녀는 조용히 책을 펼쳐 들었다.

어린 시절, 이미 귀족 여인 사이에서 선풍적인 인기몰이를 한 소설가 '리안'의 〈사랑은 아프다〉라는 소설이다.

가문의 뜻대로 따라야 하는 귀족 영애의 슬픔.

사랑과 가문 사이에서 과연 어떤 것을 선택해야 할까.

소설 속에서 여자 주인공은 가문보다 사랑을 선택했다. 그리고 두 남녀는 힘든 사랑을 이어나갔지만 달라진 환경에 적응하지 못한 여인은 죽음에 이르면서 소설이 끝난다.

슬프면서 로망을 담고 있고, 결과 또한 현실적이다.

결국 사랑의 한계를 드러내는 이것은 염세주의적 성격을 띠고 있다.

그녀는 소설 내용에 깊은 감명을 받고 동감했다.

세상을 살아가는 사람은 저마다의 틀이 있고, 그 속에서 살아간다.

틀을 벗어난 자는 결국 특별한 노력을 필요로 하고, 바뀐 환경에 적응하지 못하면 비참한 결말을 맞이한다.

여태까지 그녀는 그렇게 생각하고 있었다.

하지만 리즈의 말은 새로운 방안을 제시했다.

만약 힘이 있다면?

그 틀을 벗어나도 적응할 수 있게 된다. 아니, 더 나아가 틀 자체를 내 입맛에 맞게 바꿀 수 있다.

'리즈…….'

자신의 마음속에 파문을 일으킨 남자의 이름을 중얼거리며 그녀는 책 속으로 빠져들었다.

제5장
음악 기능을 활용하는 방법

Complete
Mage

플레이드 백작과의 그론델 후작가의 전쟁이 벌어진지 육년의 시간이 흘렀다.

여러 차례 소규모 전투가 벌어졌지만 그야말로 백중지세였다.

전력의 우위를 점하고 있는 것은 그론델 후작가였지만 최근에 플레이드 백작가로 방문한 카리온 공작가 손님이 결정적이었다.

왕국에서 손에 꼽히는 힘을 지닌 그들과 합작할 수 있다는 가능성이 제기되자 자연스럽게 위축되는 경향을 보였다.

연신 내부에서는 전쟁과 휴전을 놓고 치열한 의견 대립을 보였지만 플레이드 백작은 전쟁에 무게추를 두고 전장에 나가 있었다.

전체적인 전력은 그론델 후작가가 우위에 있기에 휴전을 하기 위해서는 상응하는 대가를 내놓아야 했다.

이는 곧 그동안 점령한 영토를 모조리 토해내는 것이기에 무의미한 희생만 일으킨 꼴이다.

플레이드 백작은 점령한 영토를 지켜내고 그론델 후작가와 휴전을 하기 위해서라도 전선을 유지해야 한다고 생각했다.

가문의 상황은 급박하게 돌아가고 있지만 리즈에게는 조금 먼 나라 이야기였다.

권력과 연관이 없는 그인만큼 정보에 무지할 수밖에 없다.

하루하루 주어진 환경에서 노력하는 것이 그가 할 수 있는 최선이다.

마법 캐스팅을 위해 수식에 익숙해 져야 했고, 서클을 만드는데 필요한 마나 또한 쌓아둬야 했다.

그런 그에게 란돌의 방문은 뜻밖의 것이다.

그리고 그의 입에서 흘러나온 말 또한 전혀 예측하지 못한 것이다.

"새로운 마나연공법입니다."

"새로운 마나연공법?"

"주군께서 기초 단계를 숙달시켰으니 그보다 상위에 자리한 마나연공법을 익히라 하셨습니다."

"그런가요? 저야 좋죠."

리즈의 입장에서 반길 만한 소식이었다. 기초 마나연공법보다 고급 마나연공법이 더 많은 마나를 체내에 축적할 수 있는 것은 당연하다. 가문의 비전이라 할 수 있는 마나연공법을 익힌다면 서클을 만드는 데 시간을 단축할 수 있을 터였다.

그가 수락하자 란돌은 품에서 책을 꺼내 리즈에게 내밀었다.

"외운 뒤 소각하라는 명입니다."

"알겠어요. 아버지께 감사 인사 전해주세요."

"가문의 일원으로서 마땅히 주어져야 할 것들이라 하셨습니다. 그럼."

고개를 숙인 란돌이 자리를 벗어났다.

홀로 남은 리즈는 마지막에 남긴 그의 말에 고개를 갸웃했다.

"가문의 일원으로서? 무슨 뜻이지?"

자신을 정식으로 인정했다면 이렇게 철저히 무관심으로 응하지도 않았을 것이다.

생각에 잠겨 있던 그는 고민을 털어버리고 방 안으로 향했다.

새로운 마나연공법은 기존의 것보다 훨씬 나은 효율을 자랑했다.

여러 연구를 통해 개량시켰다고 하지만 결국 기초 단계의 한계를 벗어나지 못했다.

하지만 새로운 마나연공법은 달랐다.

단단한 기초공사를 한 뒤 건물을 세우는 것 같달까?

이미 십 년 가까이 마나연공법을 익히면서 만들어진 육체에 물을 빨아들이는 솜처럼 전보다 훨씬 많은 양의 마나를 받아들였다.

"이렇게 되는군."

태블릿 PC를 통해 인간의 신체구조와 혈도 위치를 살피며 새로운 마나연공법이 어떻게 많은 양의 마나를 받아들이는 건지 연구했다.

수년간 지식을 쌓아서인지 어떠한 작용으로 많은 양의 마나를 끌어들이는지 알 수 있었다.

그 시간동안의 연구가 결국 기존의 것을 뛰어넘지 못했지만 기반이 되어 연구를 하는데 도움을 주었다.

"동시에 자극을 하면 더 많은 양의 마나가 흘러드는구나."

연구하면 할수록 새로운 속살을 드러내는 양파처럼 무궁무진한 세계가 펼쳐졌다.

마나연공법은 비단 혈도를 자극하는 것뿐만 아니라 자세, 호흡 등을 통해 마나를 좀 더 효율적으로 받아들이게 했다.

그저 좀 더 혈도를 자극하는 것에 골몰하던 리즈는 새로운 세계를 엿본 기분이었다.

"일단 여기까지 하기로 하고."

새로운 연구과제로 인해 밤을 보낸 그는 날이 밝아오는 것을 보곤 인상을 찌푸리며 기지개를 켰다.

마나연공법을 연구하는 것도 중요했지만 그에게는 당면한 현실 문제도 신경을 써야 했다.

최근 서클을 만들어냄으로써 태블릿 PC를 가동시킬 수 있는 시간이 대폭 늘어났다.

그전까지만 해도 실행할 수 있는 것은 텍스트 파일과 음악 재생 정도였지만 근래 들어서는 예전에 다운받아 놓은 각종 애플리케이션들을 활용할 수 있게 되었다.

하지만 애플리케이션의 경우 너무 많은 양의 마나를 소모하고, 자신이 행하는 일에 큰 도움이 되지 않아 뒤로 미뤄놓은 상황이다.

현재 그가 주안점을 두고 있는 것은 음악 기능과 사진 기능이었다.

둘 모두 활성화되지 않은 것들로서 잘 활용하면 큰돈이 될 수 있을 것 같았다.

"활용할 방안이 있을 것 같은데."

어찌 보면 태블릿 PC의 가장 기본적인 기능이지만 이 세계에 존재하지 않는다는 점에 있어 큰 수확을 얻을 수 있는 것들이기도 했다.

머리를 싸매고 생각에 잠겼지만 타개책은 쉬이 떠오르지 않았다.

"음악이라, 활용할 방안은 무궁무진하지!"

"무궁무진하다고?"

머리를 싸매고 고민해도 답이 나오지 않던 문제인데 라파드는 마치 기다렸다는 듯 대답을 한다.

상인은 역시 다르다는 생각을 하면서 리즈는 그의 대답을 기다렸다.

입가에 미소 지은 그가 말문을 열었다.

"일단 음악의 질을 평가해야겠지?"

"질에 있어서는 결코 떨어지지 않아."

리즈의 태블릿 PC에 저장되어 있는 음악의 숫자는 엄청났다.

수록되어 있는 곡의 숫자만 족히 삼천여 곡이었으니 하루 종일 들어도 평생 질리지 않을 수 있었다.

"일단 들어봐야 할 것 같은데."

"하긴, 음악이 어떤지 들어봐야 결정을 내릴 수 있겠지."

상인은 지독히 현실주의자다. 동시에 그들은 몽상가다. 미래의 대박을 위해 투자를 아끼지 않지만 이는 결국 현실적인 요소가 곳곳에 영향을 미쳐서이다.

그는 먼저 팝송을 재생했다.

독특한 리듬감과 경쾌함이 담긴 음악은 이 세계에 존재하지 않는 새로운 형식의 것이다.

"……."

음악을 듣고 있는 라파드의 눈이 커지기 시작했다. 그것이 놀라움의 표시란 걸 알아차린 리즈는 입가에 미소를 지으며 말했다.

"다른 곡도 있다."

리즈는 다양한 곡을 재생하기 시작했다. 그 속에는 발라드도 있고, 재즈, 힙합, 락 등 다양했고, 대한민국의 주력 수출상품 중 하나였던 K—Pop의 아이돌 위주의 음악도 존재했다.

"계약합시다!"

"일단 조건을 들어봐야겠지?"

"음악만 틀어주면 대박이다. 지금 내 머릿속에 수십 가지 사업이 구상되고 있어."

이 세계에서 음악은 귀족들의 전유물이다. 하지만 이마저도 악단을 초대하는데 많은 비용이 들어 귀족들조차 음악을 듣는 것은 파티 때 정도에 불과했다.

그런 음악을 쉽게 접할 수 있다?

이는 돈을 긁어모을 수 있는 창구가 열린 것과 다를 바 없었다.

"일단 조건은 반반씩! 순이익의 절반을 떼어줄게."

"나쁘지 않은 조건인데? 어떤 방식으로 사업을 할지는 생각한 건가?"

"물론이다."

라파드의 입꼬리가 말려 올라갔다.

전쟁이 벌어지고 있지만 중심 도시의 경우 그 영향이 미미했다.

사람은 적응의 동물인 것처럼 이미 오 년이 넘는 시간 동안 전쟁이 이어지다 보니 분위기에 적응을 한 것이다.

플레이드 백작령의 중심 도시 경우 사람들은 여느 때처럼 생활을 하고는 했다.

"어디 가서 이야기나 하자, 얘."

"그럴까? 어디로 갈까?"

"찻집이 좋지 않겠어?"

유력가 출신인 듯 고급스러운 옷차림을 한 여인들이 마차에 탑승한 채 대화를 나누고 있었다.

귀족 출신인 그녀들은 멋진 남자를 남편으로 맞이하기 위해 자택에서 신부 수업 하는 게 아니면 삼삼오오 모여 수다를 떠는 것이 낙이었다.

─♩ ♪ ♬

"응? 이게 무슨 소리지?"

"소리?"

"어디서 음악 소리가 들리는 것 같은데?"

"뭐, 정말? 어, 그러네? 누가 길거리에서 연주하고 있는 걸까?"

"얘는 참, 이게 길거리에서 연주하는 것 같니?"

가난한 악사들은 종종 길거리에 나와 연주를 하지만 귀족들이 듣는 그것과 비교할 바가 되지 못했다.

호기심이 든 그녀들은 마차를 음악 소리가 들려오는 곳으로 향하게끔 했다.

음악의 진원지는 예쁘게 꾸며진 찻집이었다.

안으로 들어서자 자리가 빼곡하게 차 있는 모습이 눈에 들어왔다. 대부분 귀족이거나 부유한 평민들이었다. 놀란 그녀들을 향해 단정하게 차려입은 남자 종업원이 다가와 고개를 숙였다.

"어서 오십시오, 혹시 예약하셨습니까?"

"아니, 예약은 안 했는데."

"그렇습니까? 마침 한 자리가 남아 있는데 그곳으로 안내해드릴까요?"

"그러도록."

비어 있는 탁자에 앉은 그녀들은 차를 주문하면서 주변을 두리번거리기 바빴다.

"이런 찻집이 있었나?"

"나도 처음 보는데? 예전에 여기는 다 망해가던 곳이었는데."

"그나저나 이 음악, 뭔가 새롭지 않니?"

대화를 나눌수록 궁금증이 무럭무럭 피어나고 있었다. 찻집 내부 인테리어부터 시작해서 독특한 음악과 노래는 새로운 느낌을 선사했다.

잠시 후, 종업원이 차를 내오자 그녀들이 앞을 다투어 질문하기 시작했다.

"이 가게 언제부터 생겼지?"

"이 음악은 뭐고?"

그 질문에 미소 지은 종업원이 친절하게 설명을 시작했다.

"이 가게는 전에 찻집이었는데 새롭게 리모델링을 한 뒤 재오픈했습니다. 이 음악은 저도 잘 모르지만 사장님께서 말씀하시길, 고명한 음악가가 남긴 음악과 노래를 매직 아이템에 저장시켜 재생시켜놓은 거라고 합니다."

고개를 끄덕인 그녀들은 차를 한 모금 마셨다. 한 번도 들어본 적 없는 독특한 음악은 경쾌하여 저도 모르게 기분이 좋아지게 만들었다. 내부 인테리어 또한 아기자기하여 아늑한 느낌을 주었다.

"수고했어."

"감사합니다!"

팁을 건네주자 허리를 굽힌 종업원이 걸음을 돌렸다. 잠시 후, 서비스라며 쿠키를 가져온 뒤 말을 덧붙인다.

"저희 가게에는 케이크라는 메뉴가 있습니다. 한 번 맛보시면 후회하지 않으실 겁니다."

"케이크? 어떤 거지?"

"밀가루, 달걀, 버터, 우유, 설탕 등으로 만든 음식입니다."

"어디 한 번 줘봐."

"예!"

새로운 음식이라는 것에 호기심이 든 그녀들은 케이크 세 개를 주문했고, 잠시 후, 접시 세 개에 들고 와서 내려놓기 시작했다.

나이프로 작게 잘라 포크로 한 입 먹은 그녀들의 눈이 동그랗게 떠졌다.

달콤한 맛과 함께 퍼져 나가는 특유의 맛이 입맛에 딱 맞은 것이다.

앞에 서 있던 종업원이 설명을 덧붙였다.

"이건 생크림 케이크고, 이건 딸기 케이크, 이건 초코 케이크입니다."

"그래? 다른 건 없고?"

"현재 메뉴 개발 중에 있습니다. 시간이 흐르면 더 다양한 종류의 케이크를 맛볼 수 있을 것입니다."

그 외에도 그녀들은 여러 가지를 종업원에게 물었다. 가게에 음악이 흘러나오는 것은 점심 무렵 시작하여 저녁 직전까지란다. 그 까닭은 매직 아이템 가동 시간의 한계 때문이라는데, 그것만으로도 충분했다.

달콤한 케이크를 각기 세 조각씩 먹어치운 그녀들은 음악이 더 이상 흘러나오지 않을 무렵 가게를 나섰다.

마차에 올라서면서 그녀들은 서로 대화를 나누었다.

"어때?"

"좋은데? 차 맛도 나쁘지 않고 무엇보다 케이크라는 것도 맛있었어."

"음악도 좋았던 것 같아. 다음에는 다른 테마로 재생된다고 하니 한 번 들어보고 싶어."

음악은 날마다 다른 장르의 것이 재생된다고 했다. 오늘은 신나고 경쾌한 음악이 주로 재생되었지만 내일은 잔잔하고 차분한 종류의 음악이 나올 거라고 했다.

그녀들은 의견 교류를 하면서 이동했다. 머릿속으로 다음에 다시 방문해야 할 목록에 올라서는 순간이었다.

"어때, 대단하지?"

으스대는 라파드의 모습에 리즈는 눈살을 찌푸렸다.

누구는 다섯 시간 내내 태블릿 PC를 소환하여 음악을 재생시켜야 했는데 정작 본인은 쌩쌩하게 돌아와 깐족거리니 마음에 들 리 없었다.

"대단한 건 인정한다만 그전에 내가 죽을 것 같은데."

"죽지 않으면 됐어. 그나저나 대박이야, 대박. 하하하하!"

즐거운 듯 웃음을 터뜨리는 그였다. 리즈 또한 그 부분에 대해서는 딱히 부인할 수 없었기에 미소를 지어보였다.

음악 기능을 활용하여 착안한 사업은 다름 아닌 찻집이었다.

남자보다 주로 여자들이 음악을 즐기기에 다 망해가는 찻집을 개조하여 재개장한 것이다. 그리고 리즈의 음악을 통해 손님들을 끌어들였다.

쉬이 접하기 힘든 음악이거니와 다양한 장르의 음악을 날마다 접할 수 있으니 손님들의 호응은 대단했다. 심지어 음악을 듣기 위해 날마다 방문하는 손님이 있을 정도였다.

또 다른 호평을 이끌어낸 것은 다름 아닌 케이크였다.

만드는 방법을 알고 있어 재료를 문의해 봤는데 뜻밖에도 가능하다는 말을 들어 그것을 토대로 쿠키가 아닌 케이크를 따로 메뉴에 올려두게 되었다.

케이크의 달달한 맛은 여성 손님들의 입맛을 휘어잡았고, 다소 비싼 가격임에도 불구하고 연일 재료 부족을 걱정할 만큼 높은 판매고를 이룩하고 있었다.

"넌 역시 복덩이야."

"알면 잘 좀 하라고."

"흐흐, 물론이지. 잘할 테니 앞으로만 같았으면 좋겠다."

책 출간과 더불어 마탑에 물건을 공급하는 일과 이곳 찻집까지.

연일 터지는 대박 행진에 라파드의 입꼬리는 내려갈 줄 몰랐다.

"가자, 오늘 내가 하나 턱 쏘마!"

"아니, 사양하지."

"왜? 이런 기쁜 날은 한 잔 마셔야 한다고!"

그의 외침에도 불구하고 리즈는 고개를 저을 뿐이다.

"가면 또 여자 불러서 놀 텐데, 안 갈련다."

"어허! 남자가 여자 좋아하는 게 뭐 어때서? 이는 종족 번식을 위한 자연스러운 본능이라고!"

"어쨌든 같이 어울리다가 내 평가가 최악으로 치닫고 있다. 가문에서 축출되는 것은 피하고 싶으니 오늘은 혼자 즐기도록 해."

단호한 그의 말에 라파드는 김이 팍 샌 표정으로 고개를 저었다.

"그럼 어쩔 수 없지."

"좀 봐달라고. 내 나이가 몇인데."

"알 거 다 아는 나이지. 왜 그러시나."

"후우!"

설득되지 않는 모습에 한숨을 푹 내쉬는 리즈였다.

"일단 한고비 해결되기는 했는데……."

저택으로 돌아온 리즈는 찻집이 성황리에 영업되는 것을 보고 안도했다.

소설을 출간함으로써 막대한 부를 축적했지만 그래도 돈이란 것은 많으면 많을수록 좋은 법이다.

찻집 운영으로 인해 매일 그곳에 묶여 있어야 했지만 리즈에게는 여러 가지 이득이 존재했다.

첫째는 태블릿 PC 소환과 음악 재생으로 이루어지는 마나 소모다.

마나를 소모함으로써 더 순수한 마나를 끌어 모으는 게 가능했기에 반드시 필요한 작업이었다.

둘째는 이미지 조성이었다.

라파드와 함께 어울리면서 리즈는 망나니라는 오명을 뒤집어쓰고 말았다.

이는 백작부인의 마수에서 벗어날 수 있게 만들어주었지만 반대로 과할 경우 가문의 이름에 먹칠을 하여 역으로 빌미를 제공할 수 있었다.

하지만 찻집에 거주하게 되면 주로 여자가 방문하는 것이기에 망나니라는 별명이 유지되더라도 다른 수작을 부리기 힘드니 어느 정도 완화가 될 수 있었다.

마지막은 개인적인 시간이다.

찻집에 있는 것으로 사람들은 자신의 이미지 때문에 여자에게 수작을 걸러 가는 것으로 생각할 것이다.

그 틈을 타 자신은 개인적인 시간을 확보할 수 있다.

"이렇게 머리를 굴려야 하니, 원."

살아남기 위해서는 발버둥을 쳐야 했다.

근 몇 년 동안 괜찮았지만 근래 들어 다시 위기감을 느끼고 있는 중이었다.

그 시발점은 가문을 방문했던 소녀와 마주한 시점인데, 아무래도 칼스가 리즈에게 위기감을 느끼고 백작부인에게 술수를 부린 듯했다.

나중에 알았지만 산책로에서 만난 소녀는 카리온 공작가의 금지옥엽이란 걸 알 수 있었다.

카리온 공작이 끔찍이 여기는 공녀는 벌써부터 아름다운 미모로 이름이 높았다.

그런 소녀에게 머리를 쓰다듬으며 무례하게 훈계를 했으니 백작이나 백작부인의 귀에 들어갔으면 치도곤을 당했을 터였다.

"세상사 쉬운 게 하나 없구나."

우울한 자신의 처지에 한숨이 저절로 나왔다. 하지만 어느 정도 제 뜻대로 풀리는 것 같아 마음이 놓이기도 했다.

리즈가 찻집에 출근하는 것은 어느덧 일과가 되어 있었다.

처음에는 도시 내에서 존재하지 않는 음악이 흘러나오는 찻집이어 각광을 받았으나 여러 차례 방문한 사람들은 굳이 음악이 들리지 않더라도 가게 인테리어와 케이크의 맛에 반해 방문하기 시작했다.

이 점은 긍정적인 영향이었다.

라파드는 음악을 활용하여 찻집의 규모를 키우고 싶어 했지만 태블릿 PC는 한 몸과도 같았기에 언제고 찻집에 음악을 재생할 수 없다고 생각했다.

처음에는 음악을 통해 손님들을 끌어들였지만 이대로 꾸준히 성세를 유지한다면 차 맛과 케이크를 통해 찻집의 자생력을 갖출 수 있을 터였다.

오늘도 찻집에서 태블릿 PC를 소환하여 음악을 재생하던 그는 웅성거림이 커지는 것을 듣고 고개를 돌렸다가 화들짝 놀라고 말았다.

그곳에는 다름 아닌 백작부인이 있었던 것이다.

"이런."

그녀의 존재는 리즈에게 있어 여러모로 껄끄러울 수밖에 없었다.

칼스가 백작이 되려면 자신의 존재는 사라져야 한다. 뛰어난 검술 재능으로 이미 후계 자리를 공고히 다지고 있지만 자신이 있으면 언제나 껄끄러운 요소로 남게 될 것임이 분명했다.

백작부인은 종업원에게 무슨 말을 하더니, 잠시 후 사장이 나와 그녀를 상대했다.

그는 백작부인을 간곡히 만류하려고 했으나 쉬이 설득이 되지 않는 듯 난감한 표정을 짓고 있었다.

리즈는 그 모습을 보면서 점점 불안함이 드는 것을 느꼈다.

잠시 후, 고개를 숙인 사장은 빠른 걸음으로 자신이 있는 곳을 향해 걸어왔다.

"왜 그러는지?"

"백작부인께서 음악가를 만나고 싶다 하십니다."

"음악가를? 이미 돌아가셨다는 설정을 했을 텐데요?"

귀찮은 일을 애초에 피하고자 만들어낸 설정이었다. 그에 사장은 난감한 표정을 짓더니 고개를 떨어뜨렸다.

"그게… 어디서 새어나갔는지 모르지만 이 음악을 재생하는 음악가가 있다고 했나 봅니다. 죄송합니다."

"하아!"

이래서 가장 믿을 수 없는 게 사람인가 보다.

한숨을 푹 내쉰 리즈는 고민에 빠져들었다.

백작부인이 마음을 먹은 이상 이 영지에서 그녀의 뜻을 막을 수 있는 것은 백작밖에 없었다.

결국 모든 것은 그녀의 뜻대로 진행될 수밖에 없기에 리즈는 포기했다.

"알았어요. 이리로 모셔오세요."

"예."

아래층으로 내려간 사장은 곧바로 백작부인을 데리고 위로 올라왔다.

주변을 두리번거리던 그녀는 앞에 리즈가 서 있자 의아한 표정을 지었다. 그는 먼저 인사를 건넸다.

"절 찾으셨다고 들었습니다, 어머니."

"널 찾아? 그게 무슨 뜻이지?"

"어머니가 찾던 음악가가 바로 저입니다."

"…그게 너라고?"

잠깐의 침묵 후 놀라움이 담긴 음성이 흘러나왔다. 순간 여러 가지 감정이 스쳐 지나갔는데, 그중 하나는 짙은 분노였다.

그녀는 아마 모든 것을 파악하고 있다 생각하던 리즈가 자신의 감시망을 피하고 있었다는 사실을 경계했을 것이다.

하나를 숨기고 있으면 두 개, 세 개를 숨기고 있을 가능성이 높았기에 기껏 사라졌던 경계심이 고개를 치켜들 터였다.

리즈는 순간 몸을 떨었다.

아직 1단계 마법사에 불과한 자신은 일반인보다 아주 조금 나은 수준에 불과했다.

"딱히 내세울 재주가 아니라 드러내지 못했습니다. 죄송합니다."

"놀랍지만 알았다. 검을 열심히 수련하지 않는다더니 다른 걸 하고 있었군."

"예, 아무래도 이쪽이 적성에 맞는 것 같습니다."

다행인지 백작부인은 그 이상의 경계심을 드러내지 않았다. 리즈로서는 천만다행이 아닐 수 없었다.

"너였다니 이야기가 쉬워질 것 같구나. 일단 자리에 앉아라."

자리를 권한 백작부인은 리즈와 마주 앉았다. 그녀는 차와 찻집에서 유명한 케이크를 주문한 뒤 그를 바라보았다.

자신을 탐색하는 듯한 눈빛에 그는 감히 눈을 마주치지 못했다.

"이런 재주를 숨기고 있을 줄은 몰랐다. 놀랍구나."

"좋아하는 걸 하려고 했지만 귀족이란 체면이 겉으로 드러내지 못하게 만들었습니다. 사실을 숨겨 죄송합니다."

"죄송할 필요는 없다. 각자 주어진 재능이 있는 법이니. 검을 익히지 못한다고 해서 아쉬웠는데 음악에 재능이라도 있어 다행이구나."

반쯤 진실과 거짓이 섞여 있는 말이었다. 리즈는 백작부인이 그렇게 생각해주는 것 같아 내심 안도했다.

잠시 후 차와 케이크가 나왔다.

호기심 어린 눈으로 케이크를 보던 그녀는 한 조각 먹더니 고개를 끄덕였다.

"아이들이 좋아할 만한 맛이구나."

차를 한 모금 마신 그녀는 리즈를 바라보며 말문을 열었다.

"복잡해질 수 있으리라 생각했는데 일이 쉬워지겠구나. 네 음악을 가문을 위해 사용해 줬으면 좋겠구나."

"가문을 위해서라면?"

"한 달 뒤 가문 내에서 작은 파티가 열릴 것이다. 카리온 공작가의 손님이 찾아오지. 그곳에서 네가 음악을 연주해줬으면 좋겠다."

"……."

뜻밖의 말에 리즈는 침묵했다. 동시에 머릿속으로 산책로에서 마주쳤던 소녀의 모습이 스쳐 지나갔다.

음악을 연주하는 것은 어렵지 않다. 애초에 전생의 유일한 취미 활동이 악기 연주였으니까. 악보를 뽑아내는 애플리케이션을 활용하여 악기로 연주를 하면 된다.

백작부인은 차분한 표정으로 리즈를 살폈다.

그녀는 그가 부탁을 빙자한 자신의 명령을 거절하지 못할 거라 생각했다.

생각에 잠겨 있던 그가 고개를 끄덕이는 모습에 확신을 얻었다.

'됐군.'

짧은 순간이지만 여러 가지 계산이 그녀의 머릿속을 스치고 지나갔다.

예상과 달라졌지만 리즈가 파티에서 연주를 하는 것은 여러모로 유리했다.

사생아지만 엄연한 가문의 장자다. 가문의 일원이 지켜보는 앞에서 천하다고 할 수 있는 악기 연주를 하면 아직까지 그에게 미련을 갖고 있는 가신들의 마음이 완전히 돌아설 것이다. 동시에 그의 평판은 귀족들 사이에서 더욱 내려갈 것임이 분명했다.

리즈로서도 그녀의 제안을 받아들이는 것밖에 달리 선택지가 없었다.

"알겠습니다. 연주를 하겠습니다."

"잘 생각했다."

이러한 결정은 즉흥적인 것이 아니다.

음악이 울려 퍼지는 찻집은 이미 도시 내에서 유명세를 타고 있었고, 여러 장르로 사람들을 사로잡은 음악을 들어보고자 방문했다.

사장과 실랑이를 하면서 음악을 감상한 결과 합격점이었다.

그를 빤히 바라보던 그녀는 고개를 끄덕이며 차를 마셨다.

제6장

크레이지 버드

백작부인이 다녀간 뒤, 리즈의 마음은 복잡했다.

　더 이상 의심이 확대되는 것을 막기 위해 제안을 수락했지만 사람들 앞에 모습을 드러내는 것은 내키지 않았다.

　"후우, 일이 이리될 줄은."

　"뭐가 심각한 일이라고 그러는 거냐. 고작 연주하는 것 가지고 뭐 그래?"

　"귀족의 체면 문제다. 나를 광대로 내세움으로써 내 입지를 완전히 무너뜨려 놓겠다는 거지."

　"그게 바라던 바가 아니던가?"

　무심한 라파드의 모습에 부아가 치밀었지만 엄한 사람에

게 화풀이를 할 수 없는 노릇이었다. 한숨을 푹 내쉰 그는 고개를 저으며 말했다.

"문제는 아버지다. 세상 사람들의 손가락질은 견뎌내도 아버지의 눈에 나는 것은 가장 심각한 일이지. 그것 때문에 그렇다."

"그럼 거절하면 되잖아?"

"그게 말처럼 쉽지 않아. 어머니의 눈 밖에 난다는 것은 내 명을 재촉하는 것에 지나지 않으니까."

지금 리즈에게 가장 필요한 것은 시간이었다.

태블릿 PC 내 소설과 음악 기능으로 부를 구축할 수 있었지만 가장 필요한 일신의 안위를 지켜낼 힘이 부족한 상황이었다.

마법을 숙달시키고 경지를 끌어올리기 위해서는 시간이 필요했지만 말처럼 쉽지 않았다.

"힘을 기를 시간이 필요한데."

"차라리 돈으로 호위를 사는 건 어때?"

"불가능해. 그걸로 가문의 위협을 견뎌낼 수 있을 거라 생각해?"

"그것도 그렇군. 널 지키려면 우리 상단이 힘을 기르는 수밖에 없나?"

"많이 성장했지만 그것도 부족한 실정이지."

리즈의 말에 라파드가 표정을 구겼지만 거짓이 아니기에

한숨을 푹 내쉬고는 고개를 끄덕였다.

"하긴, 우리도 귀족의 눈에 벗어나면 오래 버티지 못하니까."

여러모로 암울한 상황이었다.

"방법이 없겠지?"

"귀족과 관련이 있다면 일단 건드릴 수 없다. 고심은 해보겠지만 큰 기대는 하지 마."

그의 말이 사실이었다. 힘을 사용하고자 하면 라파드 같은 상인들은 해변가 모래처럼 파도에 쓸려나갈 뿐이었다.

그날 이후, 리즈는 마법을 익히는 데 모든 신경을 집중하기 시작했다.

수식을 풀어 캐스팅을 하는 데 있어 숙달 과정을 거쳐 전보다 빨라졌지만 만족할 만한 수준은 아니었다.

이제 1단계를 알아가는데 언제 2단계가 되고 3단계가 되겠는가.

최소한의 힘을 갖췄다고 할 수 있는 경지는 3단계부터다.

이 경지부터 본격적인 위력을 발휘할 수 있으며, 정식 마법사로 인정받는다.

"부족해."

단숨에 경지를 돌파할 수 있으리라 생각했지만 세상일은 그의 뜻대로 돌아가지 않았다.

부지런히 수식을 공부한 끝에 1단계는 무리없이 구사하는 것이 가능했다. 하지만 2단계 수식을 보는 순간 암담함을 느껴야 했다.

수식 자체를 풀어내는 것은 어렵지 않았지만 문제는 그 다음이다.

서클을 통해 마나를 운용하면서 수식을 풀어내는 것은 차원이 다르다.

2단계 마법을 시전하는 데 상당한 시간이 걸리자 리즈의 얼굴이 종잇장처럼 구겨졌다.

최소한의 조건이라 여긴 3단계도 아니고 2단계다.

"제길, 이래서는 끝이 보이지 않겠어."

캐스팅 연습을 멈춘 리즈는 그대로 자리에 주저앉고 말았다.

해도 해도 마법이란 것은 너무했다.

복잡한 수식을 마법과 함께 풀어내는 것은 너무나 어렵지 않은가.

수식 자체를 풀어내는 것은 가능하지만 마나친화력은 둘째 치고 마나를 운용하는 천부적인 감각까지 겸비하고 있어야 했다.

마나친화력이나 수식을 풀어내는 능력은 지녔지만 이 두 가지를 동시에 할 수 없다는 게 문제였다.

"요즘 세상에 누가 직접 수식을 풀어? 우리 시대에도 직접 계산하는 사람은 없는데."

전생의 삶에서 그 누가 직접 계산한단 말인가.

복잡한 계산은 모두 계산기에 맡겨 숫자만 두드리면 자연
스럽게 답이 나왔다.

"......!"

거기까지 생각이 미친 리즈는 돌연 뇌리에 벼락이 내리치
는 듯한 충격과 함께 자리에서 벌떡 일어서고 말았다.

계산기.

이는 현대인들이 복잡한 암산을 거치지 않아도 숫자만 입
력하면 원하는 답을 간단하게 알아낼 수 있다.

만약 이것이 마법에 그대로 적용된다면?

마법은 계산기처럼 때에 따라 다양한 숫자를 입력하는 것
이 아니다.

정해진 수식을 풀고 정확한 답을 내기만 하면 된다.

"계산기, 그랬어!"

위대한 발견을 한 탐험가처럼 리즈가 목소리를 높였다.

확신은 없었지만 한 번쯤 도전해 봄 직한 일이었다.

태블릿 PC와 계산기의 존재는 리즈로 하여금 새로운 도전
을 불태우게 했다.

백작부인은 찻잔을 들어 차를 한 모금 마셨다. 그윽한 차향
을 만끽했다. 이러니 자연스럽게 외출해서 먹었던 케이크 생

각이 났다.

"너무 시간을 끌고 계신 것 같습니다."

탁!

요란한 소리와 함께 찻잔이 탁자 위에 놓였다. 동시에 날카로운 시선이 맞은편에 앉은 사내에게 향했다.

주변 공기가 서늘하게 가라앉을 정도로 매서운 눈빛이었지만 사내는 담담함을 유지했다.

"언제부터 내게 명령을 하는 거지?"

"명령이 아닙니다. 그저 부탁을 드릴 뿐."

"부탁이라, 왜 나는 부탁으로 들리지 않는 걸까?"

"그렇게 들었다면 저도 할 말이 없습니다."

두 사람 사이에 냉랭한 기류가 흘렀다. 백작부인은 물론, 사내 또한 물러서지 않는 팽팽함이 방 안을 가득 채워나갔다.

오랜 시간 이루어지던 신경전에서 백기를 든 것은 사내였다.

"후! 아버님은 손자가 한시라도 빨리 후계자로 낙점받길 바랍니다."

"흥! 백작가의 후원을 받고 싶어서겠지."

"맞는 말입니다. 하지만 누님의 가문이기도 합니다. 가문의 중흥은 곧 누님의 기쁨 아니겠습니까?"

"백작가의 후광을 등에 업기 위해 날 이곳으로 보낸 아버님이 할 말은 아니라 보는데."

백작부인은 시종일관 냉랭한 태도를 유지했다. 처음에는 강하게 나가던 사내도 어느덧 그녀에게 매달리는 형태를 취했다.

그 모습을 본 백작부인도 표정을 누그러뜨렸다. 원망하는 마음도 있지만 그 대상은 아버지일 뿐, 자신이 태어나고 자란 가문은 아니었다.

"아직 때가 아니라고 판단했을 뿐이야."

"때가 아니라니요? 한시라도 빨리 사라져야 칼스가 기반을 공고히 다질 수 있지 않습니까?"

"리즈의 존재로 칼스가 더욱 빛날 수 있어. 더군다나 전쟁 중에 손을 함부로 쓰면 우리마저 쓸려나갈 수 있는 걸 모르지는 않겠지?"

"음!"

맞는 말이기에 백작부인의 동생이자 데스콘 자작의 맏아들 렉스는 고개를 끄덕였다.

데스콘 자작가는 왕국 중부에 위치한 영지로서 여러 개의 광산을 갖고 있는 부유한 가문이다.

하지만 그들은 보물을 지킬 힘이 부족했고, 플레이드 백작과 혼인 동맹을 맺음으로써 그들의 힘을 등에 업을 수 있었다.

그것만으로 부족하다 여겼다. 데스콘 자작은 자신의 딸이 낳은 아들이 후계자가 되길 바랐고, 그가 백작에 오름으로써 가문이 비상할 수 있는 기반을 마련하고자 했다.

이미 나이가 많은 자작에게 주어진 시간은 많지 않았기에 아들 렉스를 파견하여 백작부인을 설득하게끔 했다.

모든 것이 순조롭게 진행되는 듯싶었지만 백작부인의 태도는 완고했다.

"이미 모든 면에서 칼스가 압도하고 있어. 이번 전쟁이 끝나면 본격적으로 일을 진행할 거야. 아버님께 경거망동하지 말고 조용히 가문 일에 충실하라고 해."

"아버님의 성격을 잘 아시지 않습니까? 제 충고가 먹혀들리 없습니다."

백작부인이 코웃음을 쳤다.

"먹혀들지 않으면? 백작가가 움직이면 견뎌낼 수 있을 것 같아?"

"......."

렉스는 꿀 먹은 벙어리가 되었다. 데스콘 자작도 그걸 알고 있었기에 그를 이곳으로 보내 백작부인을 설득하게 한 것이니까.

"칼스가 성인식을 하면 자연스럽게 후계자가 될 흐름을 만들어 놓을 거야. 그러니 아버님을 잘 설득하도록 해. 노망난 늙은이처럼 설치지 말라고 하고."

"후! 이래저래 중간에 끼이니 힘들군요. 칼스가 후계자가 되더라도 리즈의 존재는 방해가 될 수밖에 없습니다."

칼스가 후계자가 되더라도 장자라는 특수한 위치에 있는 만큼 때에 따라 상황이 바뀔 가능성을 내포하고 있었다.

"때가 되면 치워야겠지. 장자라는 위치는 변수를 만들어낼 수 있으니까."

백작부인의 눈이 섬뜩하게 빛났다.

리즈의 하루는 이른 아침부터 시작된다.

아침 일찍 일어나면 체감상 하루가 무척 길게 느껴진다. 간단하게 씻은 뒤 곧장 마나연공법을 수련한다. 이른 아침은 하루 중 가장 마나분포도가 높은 시간이다.

이후, 점심시간부터는 찻집으로 향한다. 태블릿 PC를 소환한 뒤 가장 기초적인 증폭 마법을 통해 음악을 재생한다.

체내에 저장된 마나가 소모되는 것을 느끼며 개인적인 용무를 본다.

주로 하는 것은 태블릿 PC에 남아 있는 기능을 살피는 것과 마법에 관련된 연구다.

하지만 근래 들어서는 약간 방식이 바뀌었다.

마법 수식을 풀어 캐스팅하는 걸 연산 프로그램으로 대체할 수 있는 방법을 찾기 시작한 것이다.

새로운 형태의 마법 구현 방법이기에 그것이 쉬울 리 없었다.

"세상사 쉬운 일이 없더라니."

혀를 찬 리즈는 고개를 젓고 말았다. 전생에 그는 뛰어난 프로그래머였고, 그 실력을 바탕으로 무시무시하게 불어나는 사채를 몽땅 갚을 수 있었다.

그에게 있어 전자계산기 같은 것은 간단하게 제작할 수 있지만 마법 수식을 계산하는 프로그램은 경우가 다소 달랐다.

누구도 걸어가 보지 않은 길이기에 처리하는 방식부터 시작하여 모든 것을 새롭게 시작해야 했다.

제아무리 자신이 뛰어난 프로그래머여도 기본 토양이 존재하지 않는 상황에서 마법 시전이 자유로운 애플리케이션을 뚝딱 만들어낼 수 없는 노릇이다.

"어렵군, 어려워."

찻집에 머무는 시간이 끝날 때까지 고심했지만 전혀 진척되지 않았다.

머리를 싸맨 채 골몰하는 리즈를 향해 다가오는 사람이 있었으니 바로 라파드였다.

"왜 그렇게 표정이 심각하냐?"

"아아, 고민거리가 해결되지 않아서."

"이래서 귀족이란 건 피곤해. 난 평범한 상인이라 다행이군."

"평범한 상인은 무슨. 감언이설로 꼬드겨 내 돈을 투자금으로 바꿔놓은 주제에."

타박을 했지만 그 속에 악의가 없다는 걸 안 라파드는 입꼬리를 말아 올렸다.

"뭐, 서로 좋은 거 아닌가? 상호 이득이니까. 미래에는 그 투자금의 수십 배로 돌려줄 테니 믿고 맡겨보라고."

"상인에게 말로 이기려고 한 게 잘못이지. 그런데 무슨 일?"

"무슨 일이라니? 오늘 악기 구입한다고 하지 않았었나?"

"아아, 그랬었지."

새로운 고민거리가 생겨나면서 잠시 깜빡했던 일을 떠올렸다.

몸을 일으킨 그가 마나 주입을 끊자 태블릿 PC가 연기처럼 흐려지며 사라졌다.

"언제 봐도 신기하단 말이지."

"가지."

"기타가 있을 줄은 몰랐는데."

라파드의 소개로 악기점으로 향했던 리즈는 기타와 비슷한 종류의 악기가 있는 것을 확인하고 놀랐다.

그가 전생에서 유일하게 다룰 줄 알았던 것이 기타였다. 이곳에서는 다른 이름으로 불리며 크기도 다소 달랐지만, 형태가 비슷하여 적응하는데 어렵지 않았다.

디리링.

줄을 튕기자 음이 울려 퍼졌다. 적절한 조율은 전생의 기분을 떠올리게 해 미소를 만들어냈다. 힘겨운 삶이었지만 때때로 그 세계에 돌아가고 싶은 마음이 들고는 했다.

"오랜만에 한 번······."

한창 기타를 튕기며 옛 추억에 빠져 있던 그는 밖에서 느껴지는 인기척에 인상을 찡그렸다.

마나연공법을 익히면서 자연스럽게 형성된 기감과 발달된 신체능력은 주변 상황을 생생히 파악할 수 있는 능력을 부여했다.

연주를 멈춘 그는 밖을 향해 말했다.

"용건이 있으면 안으로 들어오지?"

한동안 아무런 움직임도 없었다. 하지만 잠깐의 시간이 흐르고, 문이 열리면서 고개를 숙인 하녀가 안으로 들어섰다.

"무슨 일이지?"

"죄, 죄송해요. 연주 소리가 듣기 좋아서 그만······."

"그래? 그렇다니 뭐라 할 수 없군."

귀족이 악기를 연주하는 것은 구설수가 나올 수 있는 행동이었다. 리즈는 크게 개의치 않지만 그 사실을 알고 있는 하녀로서는 안절부절 못할 수밖에 없었다.

"들었으면 나가보도록. 괜히 입방아를 찧을 거라 생각지 않는다."

"네, 물론이죠. 물러가겠습니다."

벌하지 않을 듯하자 반색하며 고개를 숙인 뒤 방을 벗어났다.

그 모습을 지켜보던 리즈는 기분이 울적해졌다.

악기를 연주하는 것만으로도 체면 상할 걱정을 해야 하는 세계다.

운명에 대항하여 발버둥쳐야 하는 것이 마음에 들지 않고, 원하는 만큼 성과가 나오지 않아 답답했다.

"이럴 때는 게임이나 했으면 좋겠는데."

그러다가 문득 태블릿 PC 내에 게임이 존재하는 것이 뇌리에 스쳤다.

여태까지 여러 기능을 탐색했지만 단 한 번도 게임을 실행한 적은 없었다.

애플리케이션에 해당하여 마나 소모 대비 이득이 되지 않는다고 생각했기 때문이다.

"게임이라, 게임."

태블릿 PC를 소환한 그는 곧바로 게임을 실행시켰다.

그가 실행한 게임은 전생에서 선풍적인 인기를 얻었던 크레이지 버드였다.

이 게임은 새들이 돼지에게 알을 도둑맞자 미쳐 버린 상태에서 장애물을 격파하며 알을 찾고자 하는 게임이다.

간단하지만 새의 종류에 따라 다양하게 활용할 수 있기에 수천만 건의 다운로드를 기록했을 정도다.

게임을 실행하자 익숙한 메인화면이 떠오르기 시작했다.

하지만 놀라운 일은 그 다음에 일어났다.

"어?"

꾸악꾸악!

방 안에 울려 퍼지는 새 소리.

태블릿 PC의 푸른 빛이 사방으로 뻗어나가기 시작하더니 이내 방 안을 뒤덮었다.

파앗!

"윽!"

눈이 멀어버릴 것 같은 강렬한 빛에 나직한 신음을 흘리며 질끈 감았다.

잠시 후, 고통이 가시자 조심스럽게 눈을 떴다.

방금 전 일어난 현상이 마치 거짓이라고 말하는 것처럼 강렬했던 빛은 온데간데없이 사라져 있는 상태였다.

하지만 그의 얼굴에 서린 놀라움은 여전했다.

태블릿 PC 옆, 그곳에는 동글동글한 붉은 새가 자신을 바라보고 있던 것이다.

그 모습은 게임 속에 있는 크레이지 버드와 흡사했다.

시선이 마주치자 붉은 새는 반갑다는 듯 소리쳤다.

"꾸악꾸악! 주인! 주인!"

놀랍게도 새는 말을 할 줄 알았다. 황당한 것은 새가 하는 말은 이 세계의 공용어였던 것이다.

갑작스러운 상황 전개에 리즈는 어떻게 행동해야 할지 감이 잡히지 않았다.

"뭐가 어떻게 된 거야?"

"갇혀 있던 날 해방시켰다. 주인 만세!"

"갇혀 있었다고?"

"맞다! 맞다! 난 갇혀 있었다!"

도통 이해하기 힘든 말에 리즈는 머리가 복잡해지는 것을 느꼈다.

혼란을 방지하기 위해 그는 지금 상황을 간단하게 정리해 보았다.

자신은 게임을 하기 위해 애플리케이션을 실행했다.

그리고 시작하기 무섭게 푸른 빛이 방 안을 뒤덮었다.

이후, 게임 속 크레이지 버드가 현실에 모습을 드러냈다.

정리를 마친 리즈는 새를 바라보며 말했다.

"그러니까 네 주인이 나라고?"

"그렇다! 그렇다! 주인은 나의 주인! 그러니 내게 신선한 음식을 바쳐라! 바쳐라!"

주인과 애완동물의 관계를 전혀 파악하지 못하는 새를 보며 리즈의 표정이 일그러졌다.

제법 쓸모 있을 펫을 얻은 것 같아 활용 방안을 떠올리려고 했는데 정신 상태는 게임 속처럼 미쳐 있는 그대로였던 것이다.

"그럼 그렇지."

애초에 일이 쉽게 풀릴 거라 기대했던 것 자체가 잘못된 것이다.

한숨을 내쉰 리즈는 자신에게 음식을 바치라며 한껏 도도한 자태를 보이는 새를 보며 말했다.

"이제부터 네 이름은 '미친' 새다."

"그게 뭐냐! 꾸악꾸악!"

궁금함을 드러내며 귀엽게 짖었지만 리즈의 머릿속에서 새는 이미 제정신이 아니었다. 때문에 '미친' 부분은 전생의 한국어로 불렀다. 이 세계 공용어만 알고 있는지 무슨 뜻인지 전혀 모르는 눈치였다.

"고대어로 '미친'은 가장 위대하다는 뜻이다. 고로 너는 세상에서 가장 위대한 새라는 뜻이지."

"위대한 새! 나는 미친 새다! 미친 새! 미친 새!"

"큭!"

즐거운 듯 울음을 터뜨리는 새를 보며 리즈는 낮게 웃음을 흘렸다. 정신 상태는 정상이 아니지만 조심해서 나쁠 것은 없었다.

"그래, 넌 이제부터 미친 새다."

"꾸악꾸악!"

새는 진심을 담아 기쁨을 표현했다.

"이걸 어떻게 활용한다?"

애완동물을 얻었지만 활용할 방안이 뚜렷하게 생각나지 않았다.

여러 가지 기능을 실험해 본 결과 가장 좋은 것은 자신이 원할 때 태블릿 PC로 불러들이는 것이 가능하다는 점이다.

요컨대 길들이기 용이랄까.

미친 새는 태블릿 PC로 들어가는 것을 질색했다.

이유를 물어보니 그곳은 비좁아서 답답하고 맛있는 음식이 없다고 했다.

"그나저나 주인보다 음식을 많이 먹어치우는 새라니."

삼 인분을 넘게 먹어치우는 미친 새의 식성은 대단했다.

오죽하면 저택 내 하녀들이 괴물같은 새라고 하며 웅성거렸을까.

주목받지 않길 원하던 리즈로서는 한숨이 나오는 행태가 아닐 수 없다.

"광조야."

"주인! 주인!"

리즈는 미친 새라고 부르기 힘들어 광조라는 이름을 지어주었다. 미칠 광에 새 조 자를 써 같은 의미였지만 부르기 한결 편했다.

광조는 자신의 이름에 시큰둥한 반응을 보였다. 그러다 가끔씩 리즈가 미친 새라고 부르면 방방 뛰며 좋아하고는 했다.

"좀 조용히 있을 수 없냐?"

"먹을 거! 먹을 거!"

"또? 방금 전에 먹지 않았냐?"

왕성한 광조의 식성에 리즈는 기가 질렸다. 한 시간 전에 엄청난 양의 식사를 해치웠음에도 불구하고 또 다시 식사를 요구하는 것이다.

"너 줄 거 없다."

"내놔라! 내놔라! 먹을 걸 바쳐라!"

음식 줄 때는 고분고분하다가 뜻대로 되지 않으면 뻗대는 모습을 보인다.

인상을 찡그린 리즈가 태블릿 PC를 들어 보이며 말했다.

"안으로 들어가고 싶냐?"

"잘못했다! 잘못했다!"

위협을 가하면 금방 백기를 흔든다.

매번 이 패턴이었다. 같은 상황을 몇 번 반복하자 역시 새대가리라는 생각을 하면서 광조를 향해 말했다.

"오늘은 심부름을 시킬 게 있어."

"심부름?"

반응이 시큰둥했다. 하지만 새대가리를 설득하는 건 무척 간단하다.

"완수하면 맛있는 음식을 약속하지."

"시켜라! 시켜라!"

목소리를 높이는 광조의 모습에 미소 지은 리즈가 태블

릿 PC를 내밀었다.

"이걸 가지고 찻집으로 가라."

광조와 함께 여러 차례 찻집을 방문한 적 있기에 지리를 알고 있었다.

새대가리지만 머리 좋은 새대가리랄까.

"그리고 음악을 재생하도록 해. 그럼 사장이 맛있는 음식을 줄 거다."

"케이크! 케이크!"

한 차례 맛본 케이크 맛에 중독된 광조가 두 눈을 뻘겋게 물들이며 소리쳤다.

"그래, 케이크를 줄 테니 사장이 됐다고 할 때까지 있도록 해."

"알았다! 알았다!"

케이크의 말에 눈이 뒤집힌 광조는 날개를 퍼덕이며 태블릿 PC를 잡아들었다. 통통한 몸에 비해 날개는 터무니없이 작았지만 용케 날았다.

멀어지는 광조를 보면서 리즈가 중얼거렸다.

"흠, 역시 되는 건가."

직접 찻집으로 가지 않고 광조를 보낸 것은 실험적인 성격이 강했다.

태블릿 PC와 자신이 먼 거리를 떨어질 수 있다는 것은 이미 확인한 사실이다.

현재도 태블릿 PC의 형태를 유지하기 위해 지속적인 마나가 소모되고 있었다.

먼 거리로 떨어지지만 태블릿 PC를 잃어버릴 걱정은 없다.

영혼의 일부가 된 만큼 마나 주입을 멈추면 자연스럽게 사라진다. 그리고 다음에 소환할 때 자신의 앞으로 돌아온다. 여러 차례 실험을 해봤기에 광조에게 맡길 수 있었던 것이다.

뿐만 아니라 별도의 잠금장치를 해놓았기에 그가 허락한 이가 아니고서는 태블릿 PC의 기능을 사용하는 것은 불가능했다.

이것이 가능해지면 자신이 직접 찻집에 가지 않더라도 음악 재생을 할 수 있다는 뜻이 된다.

"성공했으면 좋겠군."

광조가 음악 재생 부분을 해결하게 되면 활용도 또한 늘어난다.

새라는 것은 하늘을 날아다니기에 공간의 제약이 적다.

찻집에서 만난 이후, 백작부인은 자신을 향한 이목을 집중시켜놓은 상황이다.

이런 때에 광조를 활용할 수 있다면 큰 제약없이 소식을 전하는 게 가능하다.

주인에게 반항하고, 새대가리에 먹성 좋은 미친 새였지만 리즈에게는 때에 따라 유용할 수 있는 패였다.

"그러니까 잘해보라고."

부디 광조가 사고치지 않길 바라면서 작은 목소리로 중얼거렸다.

"어머, 저거 봐."

"새가 케이크를 먹네?"

꾸악꾸악!

기분 좋은 울음을 터뜨린 광조는 접시에 놓인 케이크를 향해 부지런히 부리를 놀렸다.

리즈의 심부름으로 태블릿 PC를 가지고 온 광조는 정해진 위치에 놓아둔 뒤 음악 재생을 해내는 놀라운 모습을 보였다. 리즈의 편지를 본 주인은 곧장 케이크를 내와 광조에게 내밀었다.

분홍빛 딸기 케이크를 본 광조는 짧고 얇은 다리로 도도도 걸어가 접시에 놓인 케이크를 무시무시한 속도로 해치우기 시작했다.

며칠 전부터 찻집에 출몰하기 시작한 광조는 찻집의 마스코트가 되어 있었다.

동글동글한 몸통에 작은 날개와 얇은 다리는 날 수 있을지 의심이 될 정도였지만 새라는 걸 증명하듯 곧잘 날아다니고는 했다.

무엇보다 놀라운 것은 광조의 식성이었다.

전투적으로 부리를 놀리며 케이크나 쿠키를 해치우는 모

습은 찻집 대다수를 차지하는 여성 손님들의 관심을 샀다.

마무리로 차가 담긴 컵에 부리를 박아 넣고 마시는 모습까지.

곳곳에서 웅성거리는 소리가 들려왔지만 입가심까지 마친 광조는 탁자 위로 올라가 몸을 웅크렸다.

만족스러운 포식 이후 낮잠은 최고의 순간이다.

"호오! 그랬단 말이지?"

볼일이 있어 찻집에 들렀던 라파드는 오늘 광조의 활약으로 매출 상승이 되었다는 말을 듣고 눈을 빛냈다.

며칠 전부터 괴상한 새를 데리고 다니는 것은 알았지만 매직 아이템을 들고 와 음악을 재생하는 행동까지 할 수 있을 줄은 몰랐다.

"대단한데? 상이라도 줘야겠군."

라파드는 상인이기에 돈을 아끼지 않는다. 때때로 손해를 감수하지만 이 모든 것은 미래를 위한 투자였다.

그가 보기에 광조는 리즈에게 있어 여러모로 활용도가 높은 것 같았다.

오늘 수고한 새를 위해 준비한 것은 맛있는 음식이었다.

꾸악꾸악!

냄새가 후각에 스며들기 무섭게 눈을 뜨며 울음을 터뜨렸다.

무섭게 반응하는 광조를 보며 라파드는 자기도 모르게 웃음을 지었다.

"제 먹을 걸 알고 있군? 자, 여기 음식이다."

"고맙다! 고맙다!"

"호오, 적어도 경우가 있는 새로군?"

　단편적인 말을 하는 걸 알기에 라파드는 당황하지 않았다. 음식을 맛본 광조는 자신의 입맛에 맞춘 듯한 맛에 행복한 울음을 터뜨렸다. 그리고 라파드를 보면서 다시 한 번 소리쳤다.

"미친놈! 미친놈!"

"뭐?"

　처음 듣는 단어에 라파드는 고개를 갸웃했다. 자신을 놈이라고 하는데 '미친'이란 단어가 무엇인지 알 수 없었던 것이다.

　그럴 수밖에.

　'미친'이란 단어는 한국어였으니까.

　나쁜 어감이 아니기에 라파드가 물었다.

"그게 뭐냐? '미친'은 뭐고?"

"위대하다는 뜻! 위대하다는 뜻!"

"그래?"

　그 말은 즉, 이 새가 자신을 보고 위대한 놈이라고 한 것 아닌가?

입꼬리를 말아 올린 라파드가 웃음을 터뜨렸다.

"위대하다라, 너도 사람 볼 줄 아는구나. 하하하! 좋다, 좋아! 앞으로 먹고 싶은 게 있으면 날 찾아라!"

왠지 모르게 이 새와 잘 맞는 느낌이 들었다.

광조 또한 자신을 호의로 대해주는 인간을 보며 자신이 구사할 수 있는 최고의 단어를 구사했다.

"미친놈! 미친놈!"

"그래 난 미친놈이다!"

라파드의 유쾌한 웃음소리가 찻집을 가득 채워나갔다.

제7장
캐스팅 애플리케이션

"괜찮군."

광조의 활약은 리즈의 마음을 흡족하게 만들었다.

자신이 없더라도 훌륭히 심부름을 이행하는 행동이 마음에 들었다.

믿을 만한 수하가 생긴 느낌이었다.

먹을 것만 주면 죽는 시늉까지 하는 광조이기에 리즈는 매일 찻집으로 향해야 하는 부담감을 덜어낼 수 있었다.

광조로 인해 늘어나게 된 개인 시간을 리즈는 헛되이 놀리지 않았다.

그가 연구하고 있는 것은 마법 수식을 본인이 아닌 태블릿 PC가 대체할 수 있는 캐스팅 애플리케이션이다.

인간의 두뇌는 한계가 존재한다. 가능성이 무한하다고 하나 그 가능성을 개발하는 범주 내에서 기계를 따라가는 것은 불가능하다.

단시간에 불가능한 암산을 계산기는 짧은 순간 해내는 것처럼 마법 수식을 풀어내는 것 또한 정확한 풀이와 답만 있으면 곧장 풀어낼 수 있다.

정해진 약속처럼 매번 그 수식을 풀어내야 하는 노동을 덜어낼 수 있는 것이다.

어디 그뿐인가?

인간은 환경에 민감하고 때에 따라 컨디션이 다른 법이다.

오늘 수월했던 캐스팅은 내일 어려워질 수 있었다.

같은 문제, 같은 고생이더라도 때때로 달라지는 만큼 컨디션이라는 게 존재하지 않는 기계가 절대적인 우위를 점할 수 있다.

마법을 시전하는 과정은 다음과 같다.

가장 먼저 신체 내에 있는 서클을 회전시킨다.

마나로 이루어진 서클은 회전을 통해 주변에 산재한 마나와 공명을 일으킨다. 서클의 마나가 순수할수록, 숫자가 많을수록 더욱 많은 양의 마나를 동원할 수 있다.

서클 회전으로 끌어들이며 마법사는 정해진 수식을 풀어낸다.

일종의 '약속'과도 같은 마법 수식을 풀어내는 것은 배열을 통해 오래 전부터 만들어진 마법을 발현하는 과정이다.

마지막으로 시동어다. 이는 완성된 마법을 '언령'으로 불러내는 것으로 시전자의 의지로 마법이 세상에 모습을 드러낸다.

리즈가 생각한 마법은 이러한 과정을 모조리 무시하는 것이다.

그는 서클을 회전시키면서 끌어들인 마나를 태블릿 PC에 불어넣었다.

액정 화면에 띄워져 있던 복잡한 수식이 빠른 속도로 풀려나가면서 순식간에 값에 도달한다.

"파이어."

화르르!

시동어와 함께 피어나는 불꽃.

틀림없는 파이어 마법이었다.

"좋았어!"

마법을 확인한 리즈의 얼굴에 희열이 번져나가기 시작했다.

가장 기초적인 1단계 마법에 불과했지만 시전 속도는 자신이 하는 것보다 몇 배 이상 빨랐다.

그야말로 순식간이었다.

이미 구해놓은 값을 태블릿 PC로 옮겨놓은 뒤, 마나를 불어넣으니 찰나의 순간 수식을 풀어냈다.

아직 파이어 마법밖에 등록하지 않았지만 다른 마법 수식을 입력해 놓으면 그것들 또한 시전할 수 있을 터였다.

현재 자신의 심장에 존재하는 서클은 두 개.

애플리케이션을 완성하는 순간, 모아놓은 마나를 끌어 모아 서클을 만들었다.

두 개의 서클이면 조금 무리할 경우 3단계 마법까지 시전할 수 있다.

그토록 갈망하던 힘을 얻었다는 사실에 리즈는 환한 미소를 지을 수 있었다.

플레이드 백작은 머리가 지끈거리는 것을 느꼈다. 그는 오랜만에 전장에서 가문으로 복귀했다. 종종 가문에 들르고는 했지만 전장을 전전하다 보니 이제는 저택이 낯설게 느껴질 정도였다.

도착 소식이 알려지기 무섭게 그를 찾아온 것은 훌쩍 자란 칼스였다.

이제 열여섯 살이 되었지만 그의 체구는 성인 남자에 육박할 만큼 거대했다.

위풍당당해진 아들의 모습에 눈을 빛내기 무섭게 그는 자신의 요구를 해왔다.

"허락해주세요, 아버지!"

"지금 네가 하는 말의 의미를 알고 있느냐?"

"알고 있습니다."

그는 망설임없이 대답하는 칼스를 매섭게 노려보았다. 뛰어난 성취를 이뤄낸 칼스였지만 마스터인 플레이드 백작의 시선에 고개를 숙이고 말았다.

"형제끼리 피를 흘리는 모습을 보고 있으라고?"

"리즈는 사생아에 불과합니다."

"놈!"

"큭!"

매서운 기세가 휘몰아치자 칼스는 이를 꽉 깨물며 한 걸음 뒤로 물러났다. 하지만 꿋꿋하게 그 자리에 버티고 서서 플레이드 백작을 바라보았다.

아들에게 심각한 내상을 입힐 수 없었던 그는 기세를 거두고 칼스를 노려보다가 말했다.

"내가 살아 있는 한 형제끼리 겨루는 일은 없을 것이다."

"그렇다면 리즈가 후계자가 될 수도 있다는 뜻입니까?"

"…누구든 더 뛰어난 성취를 이루는 자가 가문의 주인이 될 것이다."

그 말을 들은 칼스는 뒤로 물러났다.

오늘 그가 플레이드 백작을 찾은 것은 개인적인 의사도 있지만 주변의 조언도 들어서였다.

몇 년 후면 리즈와 칼스 모두 성인이 됨에도 불구하고 플레이드 백작은 후계 문제에 대해서 명확한 답을 내놓지 않고 있었다.

혈통을 중시하는 플레이드 백작이 리즈를 후계로 삼을 리 없지만 불안함이 드는 건 사실이었다.

칼스를 따르는 자들은 이 기회에 강하게 나아감으로써 플레이드 백작의 의중을 떠본 것이다.

그리고 그의 대답은 만족스러운 것이다.

뛰어난 성취로 차곡차곡 단계를 밟아나가고 있는 칼스와 달리 리즈의 검술 성취도는 형편없었다.

이대로 진행되면 후계자 자리는 자신의 것이 될 터였다.

"그 말씀, 깊게 새기겠습니다."

"그렇게 알도록 해라."

고개를 깊게 숙인 칼스가 방을 나섰다. 그 모습을 지켜보던 플레이드 백작이 자리에서 일어나 술을 꺼내들어 잔에 따랐다.

검붉은 와인을 바라보던 그는 나지막하게 중얼거렸다.

"사람은 경쟁을 통해 성장하는 법이지. 그 투지는 너를 더 발전시킬 것이다."

플레이드 백작가는 모처럼 분주한 분위기 속에서 활발한 움직임이 일어났다.

오랜 시간 동안 전장으로 떠나 있던 플레이드 백작이 가문으로 돌아온 것도 있지만 며칠 후, 캐리온 공작가의 손님이 방문할 예정이었던 것이다.

왕국 내에서 손에 꼽히는 캐리온 공작가는 막강한 군사력을 지닌 곳이다.

플레이드 백작가는 그곳과 혼인 동맹을 추진하려 하여, 그론델 후작가를 궁지로 몰아넣으려 하고 있었다. 반대로 캐리온 공작가는 남부 지방으로 영향력을 확대하기 위해 관심을 보이고 있는 실정이었다.

"이런 부산스러움이 오히려 네게는 다행이지."

"다행은 무슨. 파티 중간에 악기 연주를 해야 하는 걸 모르나?"

"모를 리 있나. 널 악기점까지 데려간 게 누군데, 크크!"

웃음 짓는 모습이 밉살스러워 인상을 찡그렸지만 괜한 화풀이에 불과했기에 한숨을 푹 내쉬었다.

여러모로 이번 파티는 리즈에게 부담이 되었다.

귀족이 악기를 연주한다고 해서 손가락질 받는 게 두려운 건 아니다.

그가 걱정하는 것은 악기 연주로 인해 자신의 존재가 부각되고, 이로 인해 플레이드 백작이나 백작부인의 심기를 거스를 수도 있다는 점이었다.

"주목받는 게 부담스럽다면 걱정하지 않아도 좋아."

"무슨 뜻인데?"

"적어도 네 목숨이 전쟁 끝나기 전까지는 무사할 거란 뜻이다."

"전쟁이 언제 끝날지 알고?"

막말로 내일 전쟁이 끝나면 자신은 죽은 목숨이란 뜻 아닌가?

하지만 라파드는 고개를 저으며 단호히 대답했다.

"아니, 전쟁은 제법 길어질 것이다."

"좀 자세히 듣고 싶은데?"

뉘앙스를 보아하니 무언가 알고 있는 듯싶어 몸을 가까이 했다.

평소의 가벼움을 버린 라파드는 진지한 표정으로 리즈를 바라보며 말했다.

"너도 알다시피 상인이란 존재는 정보에 민감하다. 정보가 곧 생명이란 것은 상인들 사이에서 공공연한 사실이고. 내 주력 분야는 아니지만 전쟁에 관련된 여러 가지 소식을 접하고 있다."

"……."

리즈는 눈을 빛내며 라파드의 이야기에 귀를 기울였다.

"전쟁이 길어질 이유는 너희 가문과 카리온 공작가의 합작이 실패로 끝날 가능성이 높아서다."

"어째서? 카리온 공작가에서 손님을 보내오는 건 어느 정도 마음이 있다는 뜻 아닌가?"

"아니, 일종의 정치적 쇼라고 할 수 있지. 카리온 공작가는 남부로 진출함에 있어 역량을 기울이고 있지만 전쟁을 자초할 만큼 어리석지 않아. 그저 너희 가문과 친분을 표시함으로써 그론델 후작가에게 위협을 가하기 위함이지."

"그론델 후작가가 겁을 먹고 물러설 수도 있잖아."

"절대 불가능한 일이다. 현재 전황은 팽팽하지만 일격을 얻어맞은 것은 그론델 후작가다. 그들은 자기 체면을 세우기 위해서라도 잃어버린 영토를 찾으려고 들 것이다."

상인은 정보에 민감하다.

하나하나가 필요 없는 것처럼 보이지만 그것을 취합할 줄 안다면 제법 쓸모 있는 것으로 변모한다.

라파드는 단편적인 정보를 퍼즐처럼 맞춰 하나의 그림을 그려낼 수 있었다.

그리고 내린 결론은 전쟁이 계속 이어진다는 것이다.

"체면에 살고 죽는 귀족이다. 점령한 영토를 토해내거나, 그에 상응하는 보상을 하지 않는 이상 그론델 후작가가 물러날 리 없지. 너희 가문이 끝내고 싶어도 끝나지 않는 것이다."

"가문에서는 점령한 영토를 지키려고 할 것이고, 그론델 후작가는 빼앗으려고 할 테니 전쟁이 길어질 거다?"

"공격보다 수비가 더 유리하다는 건 상식이지. 너희 가문은 점령한 영토를 지키는데 힘쓸 텐데, 그론델 후작은 그걸 빼앗기 위해서 상당한 피해를 감수해야 하니 전쟁이 길어질 수밖에 없다."

라파드는 원래 이 말을 리즈에게 해줄 생각이 없었다.

확신하기에는 전쟁이란 게 많은 변수를 내포하고 있어서였다.

하지만 결국 말을 꺼낸 까닭은 리즈가 자신의 입지에 대해 불안함을 느끼기 때문이다.

"모든 역량을 집중해야 할 판에 널 제거하려 할 리 없지. 백작과 백작부인이 적어도 어리석은 사람이 아니라면."

칼스를 후계자로 세우기 위해서는 리즈를 제거해야 했다. 하지만 장자라는 그의 위치는 은연중 가신들 마음속에 존재했기에 섣불리 행동으로 옮기면 가문 내 분란이 발생할 수도 있었다.

"그렇군. 가문을 끔찍이 생각하는 사람들이니 그럴 수도 있겠어."

"그러니 당분간은 마음을 놓도록. 그 시간 동안 역량을 기르는 데 힘을 쓰는 것이 좋을 거야."

"알았어, 그리고 고맙다."

진심을 담아 고개 숙여 인사하는 그를 향해 라파드는 미소를 지어보이며 장난스럽게 대꾸했다.

"고맙긴, 우리 상단의 큰 고객님이신데 비명횡사하는 걸 지켜볼 수 없지."

"죽어도 투자금 수십 배를 받고 죽을 테니 그렇게 알아."

"하하! 그 정도는 받아야 나 라파드의 은인이라 할 수 있지. 이래보여도 내가 미친놈이니 말이야."

"뭐?"

뜬금없는 그의 말에 리즈의 표정이 멍해지고 말았다.

여기서 왜 미친놈이 나온단 말인가?

그의 반응에 라파드는 한껏 우쭐한 표정을 지었다.

"무슨 말인지 모르냐? '미친'은 고대어로 세상에서 가장 위대하다는 뜻이다. 고로 미친놈은 위대한 자라는 이야기지. 내가 미친놈이 아니고 누가 미친놈이겠냐? 하하하!"

어느새 한국어 '미친'은 고대어로 둔갑해 있었다.

황당함에 입을 벌린 채 바라보니, 라파드는 그것이 감탄의 표현이라 깨닫고 더욱 크게 웃음을 터뜨렸다.

꾸악꾸악!

어디선가 광조의 울음소리가 들려오는 것 같았다.

카리온 공작가에서 플레이드 백작가의 사절로 파견한 것은 그의 동생이자 그랜드 마스터에 근접했다고 알려진 엘카스 백작이었다.

왕국 내에서 손에 꼽히는 검사인 그는 능히 카리온 공작을 대신할 만한 인물이며, 그론델 후작가를 압박하는 유용한 패로 활용될 수 있다.

플레이드 백작령으로 향하는 행렬은 화려했다.

천여 명에 가까운 병사와 오십 명에 달하는 기사 전력은 호위가 아닌 즉시 전장에 합류해도 될 만큼 대단했다.

이는 일종의 시위였다.

두 가문의 친분과 카리온 공작가의 위세를 드러냄으로써 그론텔 후작가가 알아서 굽히도록 하려는 의도가 숨어 있었다.

"네가 따라올 줄은 몰랐다."

"이상한가요?"

"이상할 건 없다. 저들의 목적 중 하나가 너인만큼 말이다."

"폐가 되지 않았으니 다행이에요."

"으음, 그래."

그 말과 함께 소녀가 웃음을 짓자 가슴이 진탕되는 기분에 엘카스 백작은 자기도 모르게 신음을 흘리고 말았다.

이제 열여섯 살에 불과한 조카였지만 나날이 아름다워지는 미모는 이제 걱정이 될 정도로 불안함을 느끼게 만들고 있었다.

특히 그녀를 감싸고 있는 기운이 더욱 그러했다.

때로는 화사한 듯하면서 도발적이기도 했고, 시시각각 바뀌는 분위기는 천 개의 얼굴을 지닌 것처럼 자유자재로 바뀌었다.

여자를 멀리하고 검만 바라온 자신이 이러한데 다른 이들은 어떤 반응을 보이겠는가.

'조카가 너무 예뻐서 고민하게 될 줄은 몰랐군.'

가볍게 마나를 운용하여 정신을 수습한 엘카스 백작이 말했다.

"나날이 예뻐지는 것 같구나."

"그런가요? 감사합니다."

"지난 삼 년 동안 무슨 일이 있었던 건지. 정말 아무 일도 없었던 것이냐?"

그의 조카가 달라지기 시작한 것은 삼 년 전 플레이드 백작가 방문 이후였다.

그전까지만 해도 매사에 수동적으로 임하여 인형과도 같았던 그녀는 적극적인 움직임을 보이기 시작했다.

거의 존재하지 않던 표정은 때때로 드러났고, 말문 또한 트였다.

가장 달라진 것은 기질이었다.

남자를 홀려버리는 것은 둘째 치더라도 누구도 함부로 대하지 못할 기질이 느껴졌다.

마스터를 넘어서 그랜드 마스터를 바라보는 엘카스 백작조차 그러하니 다른 이들은 그녀에게 압도되어 제대로 말조차 건네기 힘들었다.

'형님이 더욱 극성으로 변해서 문제지만.'

여러 자식이 있지만 모두 혼인하여 제 갈 길을 갔고, 남은 것은 늦둥이인 그녀뿐이었다. 어릴 때부터 금이야 옥이야 키웠지만 지금은 병적이라도 해도 과언이 아닐 만큼 그녀를 아꼈다.

"마음가짐이 달라졌을 뿐이에요."

"마음가짐?"

"너무 무기력하게 지냈던 것 같았어요."

"그래, 그렇게 생각했을 수도 있겠구나."

부하의 마음을 꿰뚫어 보고 수많은 기사들을 단련시킨 엘카스 백작이었지만 조카의 마음속에서 무슨 변화가 있었는지 알아차리기 어려웠다.

한 가지 확실한 것은 그것이 긍정적이란 점이다.

'가문의 힘이 약했다면 그것이 재앙이 되었을 테지.'

분에 넘치는 보물은 복이 아닌 화를 불러일으키는 법이다.

이미 가문 내에서 시작하여 영지 전체로 퍼져 나간 소문은 왕국 곳곳에 전해지고 있는 실정이었다.

이제 열여섯에 불과한 그녀에게 종종 혼인 제안이 들어올 정도였으니 말이다.

카리온 공작이 불같이 화를 내며 물리쳤으나 이제 시작이라는 것을 잘 알고 있었다.

함께 오려고 한 이유를 말하지 않았지만 엘카스 백작은 어느 정도 짐작을 하고 있는 상황이었다.

'그곳에서 무슨 일이 있었는지 모르나 지켜보도록 하마.'

조카가 나쁜 길로 빠지지 않도록 인도해 주는 것이 삼촌으로서의 의무.

어느새 자신도 팔불출이 되어 있는 것을 모르고 있는 엘카스 백작이었다.

라파드와 대화를 나눈 뒤, 리즈는 한결 마음이 편해진 것을 느꼈다.

추측에 가까운 내용이었지만 자신의 처지를 부합하면 그의 말은 정답에 가깝다는 것을 알 수 있었다.

자존심이 강한 플레이드 백작이 전쟁 중 가문의 혼란을 자초할 일을 벌일 리 없고, 그의 눈치를 살피는 백작부인 또한 섣불리 일을 진행시키지 않을 터였다.

'그래서 날 편히 대했던 건가?'

자신이 어릴 때는 항상 날을 세운 채 대하던 백작부인이다. 하지만 어느 순간부터인가 자신을 대하는 태도가 부드러워진 것을 느낄 수 있었다.

그 기점이 리안의 소설책을 건네준 후라고 생각했다. 한정판 소설책을 줌으로써 호감을 샀다고 생각했지만 착각에 지나지 않았던 것이다.

아마 의도적인 면도 있었을 것이다.

쥐도 궁지에 몰리면 고양이를 물어버리는 것처럼 날을 세우고 대하면 언젠가 반발할지도 모른다고 생각했을 테지.

그렇기에 그녀는 유화책을 사용했고, 한편으로는 자신이 가문 내에서 망나니라 불리게끔 방조했다.

미진한 감이 없지 않아 있었던 그녀의 태도가 이제야 이해되었다.

"하아! 어렵구나."

섬뜩함이 들었지만 전처럼 절망하거나 하지 않았다.

자신의 생명이 전쟁 끝나기 전까지 유지될 수 있다는 확신을 얻었거니와 무엇보다 캐스팅 애플리케이션의 완성이 가져다주는 안도감이 컸다.

마법을 단기간에 시전할 수 있는 애플리케이션의 존재는 그토록 갈망하던 힘을 얻게 해주는 수단이 되었다.

"이럴 때가 아니지."

애플리케이션이 완성되었다고 해서 모든 게 끝난 것이 아니다.

끊임없이 마나연공법에 열중하면서 마나를 축적해야 했고, 많은 서클을 만들어놔야 했다.

거기에서 끝나는 것이 아니라 애플리케이션 내에 마법 수식을 풀어놓아야 했다.

가장 기초적인 불, 물, 바람, 대지, 뇌전 속성의 수식은 수학의 응용문제처럼 끝없이 나온다.

이를 바탕으로 고위 마법이 응용되기에 그것을 풀어내는

수식을 접목시키고, 새롭게 주어지는 연계 부분을 풀어야 했다.

단계가 높아질수록 응용도와 복잡함은 이루 헤아릴 수 없을 지경이었기에 암담한 마음이 들 정도였다.

"이걸 마나 운용하면서 풀어야 했다면 제대로 힘을 쓸 수 없겠군."

당장 자신이 3단계 마법을 시전하려면 십 분이 넘는 시간을 소모해야 했다.

적과 마주친 상황에서 십 분의 시간이 걸린다면?

죽여 달라고 칼에 목을 내미는 것보다 더한 행동이었다.

숙달될수록 시간은 단축되겠지만 애초에 멀티 플레이 자체가 익숙지 않은 자신으로서는 요원한 일이었다.

"애플리케이션에게 감사해야겠군."

천만다행이라는 생각이 뇌리에 감돌았다. 그러면서 끊임없이 애플리케이션 내에 3단계 마법 수식을 풀어서 입력하고 있었다.

꾸악꾸악!

"왜 그래?"

바깥이 소란스러워지면서 식후 운동을 나갔던 광조가 방 안에 들어오자 리즈가 의아한 표정으로 물었다.

"미소녀! 미소녀!"

"뭐?"

"손님 방문! 미소녀 등장!"

"손님이라……."

카리온 공작가 손님이 방문한다는 것을 들었기에 그들이 도착했다는 것을 알 수 있었다.

그리고 광조가 미소녀라 외치자 그의 머릿속에 한 소녀가 떠올랐다.

"그 아이려나?"

현실감이 들지 않던 외모.

홀로 세상과 괴리되어 있는 듯하던 모습은 삼 년의 시간이 지났음에도 아직까지 눈앞에 아른거렸다.

그러다 이내 쓴 미소를 지었다.

"나도 미쳤지. 그렇게 물려놓고."

전생에서 자신이 사채 빚을 지고 그들의 노예처럼 일을 해야 했던 것이 다름 아닌 여자 친구 때문이다.

그로 인해 운명이 뒤틀리고 이 세계에 태어나게 된 것인데 여자의 미모에 넋을 잃고 상상에 젖어드니 스스로 생각해도 어처구니가 없었다.

사채로 인간 이하의 삶을 살 때, 자신을 유일하게 위로해 주었던 것이 태블릿 PC 내의 소설과 음악이었다.

다시는 여자를 사귀지 않겠다고 절규하던 자신의 모습을 떠올리며 고개를 저었다.

"집중하자, 집중."

다시 수식을 풀어가는 리즈의 표정에는 씁쓸함이 가득했다.

"왕국 최고의 검호를 뵙게 되어 반갑습니다."

"허명일 뿐입니다. 백작님의 위명을 누누이 듣고 있었습니다."

플레이드 백작과 엘카스 백작은 악수를 하면서 인사를 나누었다.

두 사람 모두 검으로 이름을 날리고 있었기에 마주친 눈가에 호승심이 떠올랐다가 사라졌다.

지금 이 자리는 친분 과시를 위해 만들어진 곳일 뿐, 실력의 고하를 나누는 것이 아니었다.

간단한 몇 마디를 나눈 뒤 엘카스 백작은 함께 방문한 조카를 내세웠다. 그녀를 본 플레이드 백작의 눈에 이채가 스쳤다.

"인사해라."

"루시아라고 합니다."

원피스 끝자락을 잡은 그녀가 우아하게 인사를 건넸다. 심플한 디자인이었지만 그것이 그녀의 미모를 더욱 돋보이게 했다.

나이에 어울리지 않는 성숙함과 기질에 플레이드 백작은 속으로 놀라움을 집어삼키며 고개를 끄덕였다.

"음, 반갑소. 올해 열여섯이라 들었는데 많이 성숙해 보이는구려."

"교양으로 가문의 검술을 익히고 있습니다."

"그렇군."

적절한 운동은 성장기 아이들에게 좋은 영향을 끼친다고 했다.

하지만 플레이드 백작이 물어본 것은 그것이 아니었다. 그녀가 또래에 비해 키가 큰 것도 있지만 진정한 의도는 다른 의미가 숨어 있었다.

그걸 알아듣지 못했는지 지극히 상식적인 대답을 내놓은 것이다.

플레이드 백작은 그녀가 자신의 말뜻을 알아차리지 못했나 싶었지만 그게 아니라고 생각했다. 자신조차 쉬이 짐작하기 힘든 그녀의 무표정함과 기질은 범상치 않았다.

"소문으로 접했지만 이렇게 아름다울 줄은 몰랐소."

"감사합니다."

들뜬 표정을 지을 법도 했지만 시종일관 차분했다. 그렇다고 자신의 말을 한 귀로 듣고 흘리는 것도 아니다. 당연하게 받아들이는 모습을 보면서 플레이드 백작은 그녀에 대한 정보를 상기했다.

'카리온 공작가의 보물. 혼인 동맹은 어려운가.'

혼인 동맹이 최선이라 생각했지만 루시아를 보면서 뜻을 이루기 어렵다고 판단했다.

"먼 길 오느라 고생이 많았을 테니 편히 쉬시길."

"배려에 감사합니다."

엘카스 백작은 웃으면서 대답했고, 루시아는 고개를 살짝 숙이는 것으로 대답을 대신했다.

밖으로 나선 그들은 배정된 방을 향해 걸음을 옮겼다. 그러다 익숙한 곳을 발견한 루시아의 눈에 이채가 스쳤다.

"삼촌."

"왜 그러느냐?"

"잠시 산책을 하고 싶어요."

"음!"

생각에 잠긴 그가 루시아를 바라보았다. 그녀의 눈에는 어떠한 감정도 떠오르지 않았다.

'하긴, 오랫동안 마차에 있었으니 걷고 싶을 터.'

그녀의 마음을 짐작한 엘카스 백작은 고개를 끄덕였다.

"그리도록 하여라."

"감사합니다."

고개를 살짝 숙인 루시아는 멀리 떨어지지 않은 산책로로 향했다.

저택 내 산책로는 잘 꾸며져 있지만 가문에 비할 바는 아니었다.

그럼에도 불구하고 그녀가 산책을 하는 까닭은 이곳이 특별히 좋아서도 아니고, 누구의 짐작처럼 걷고 싶은 것도 아니었다.

이 장소가 그녀에게 있어 특별한 감흥을 주었기 때문이다.

"…없네."

산책로를 한 바퀴 거닌 루시아는 작은 목소리로 중얼거렸다.

이곳을 오면서 특별한 기대를 품지는 않았다. 삼 년 전, 고민에 빠져 있던 자신을 바꿔놓은 장소를 다시 한 번 보고 싶었을 뿐이다.

물론 그것은 표면적인 이유일 뿐이다. 그 속에는 자신을 거침없이 대하던 리즈를 다시 한 번쯤 보고 싶다는 생각이 서려 있었다.

하지만 그녀의 기대를 배반하듯 리즈의 모습은 어디에도 찾아볼 수 없었다.

짧은 순간 그녀의 눈에 아쉬움이 서렸지만 그것도 이내 빠르게 사라졌다.

작은 기대감이 사라지자 발걸음도 자연스럽게 느려졌다. 그날 있었던 일을 회상하며 걸음을 옮기던 그녀의 시선이 한 곳에 고정되었다.

"아……."

누구도 알지 못하는 그녀만의 비밀.

그것은 그녀에게 그 누구도 상상하지 못할 거대한 힘을 안겨다주었다.

극한으로 단련된 그녀의 두 눈은 남들이 보지 못할 먼 곳을 향하고 있었다.

그곳에는 그녀가 다시 한 번쯤 보고자 했던 플레이드 백작가의 사생아, 리즈가 움직이고 있었다.

그는 어디로 향하는 것일까.

문득 든 호기심이 그녀의 발걸음을 옮기게 했다.

하지만 그 뜻은 산책로를 벗어나는 즉시 저지되고 말았다. 엘카스 백작이 그녀의 호위를 위해 기사에게 지시를 해놓은 것이다.

"어딜 가시는 겁니까, 공녀님."

"볼일."

"이곳을 나서면 저택을 벗어나게 됩니다."

"나가고 싶어."

그녀의 시선은 저 멀리 리즈를 쫓고 있었다. 저택을 나선 그는 빠른 걸음으로 멀어지고 싶었다.

"안 됩니다. 단장님의 허락이 있어야 합니다."

"내 명령은 듣지 않겠다는 뜻?"

"그것이 아니오라… 헉!"

고개를 젓던 호위기사는 자기도 모르게 헛바람을 집어삼켰다.

붉게 물든 한 쌍의 눈이 그를 향하고 있었다. 알 수 없는 위화감이 전신을 휩쓸며 격렬한 떨림을 선사했다.

"이, 이게 무슨……."

"오랜 여행으로 지쳤어. 잠시 바깥 구경을 하고 싶어."

"하, 하지만……."

호위기사의 떨림은 점점 더 강해지고 있었다. 밧줄에 꽁꽁 묶인 것처럼 몸을 움직일 수 없었다. 마나를 운용하려고 했지만 속박은 점점 더 강해지고 있었다.

그는 혹독한 수련을 거친 기사였다. 자신이 아직 어린 소녀의 기세에 휘말렸다는 것이 믿기지 않았다.

"가문을 믿어. 날 안전하게 호위할 거라 생각해."

"무, 물론입니다."

"그럼 가는 거지?"

"예, 예!"

루시아의 뜻을 막을 수 없다는 걸 알아차린 그는 수락했다. 그러자 전신을 속박하던 기세가 거짓말처럼 사라졌다.

"좀 떨어져서 따라와."

그 말을 남긴 그녀는 저택 정문을 지나쳐 걸음을 옮겼다.

"대체 이게 무슨……."

엑스퍼트 중급인 자신이 이런 모습을 보이다니?

멍한 시선으로 뒷모습을 쫓던 호위기사는 고개를 세차게 젓더니 그녀의 뒤를 따랐다.

제8장
사랑은 고통스러운 것이다

루시아는 리즈와 한참 떨어진 곳에서 천천히 그의 뒤를 따랐다.

　　그가 향한 곳은 사람이 붐비는 곳이었다. 사람 많은 곳에 좀처럼 가본 적이 없었지만 그녀는 망설이지 않고 인적이 많은 곳으로 향했다.

　　"오, 오오오!"

　　"여신이다!"

　　"어떻게 하면 저리도 아름다울 수가."

　　그녀를 본 사람들은 자기도 모르게 감탄사를 터뜨렸다.

　　새하얀 피부와 흩날리는 은발은 그녀를 현실 밖으로 괴리

시켰다. 사람이 아닌 듯한 미모에 사람들은 홀린 듯 그녀만을 바라보았다.

덕분에 바빠진 것은 호위기사였다.

은빛으로 빛나는 갑주를 차려입은 기사가 따라붙자 사람들은 그녀가 귀족 영애라는 걸 알아차릴 수 있었고, 분분히 비켜섰다.

"공녀님."

"…왜?"

"사람들의 시선이 집중되고 있습니다."

"그래서?"

"이만 돌아가심이……."

"방금 전에 말했는데?"

감정의 편린조차 느껴지지 않는 말투에 그는 땀이 축축하게 흐르는 것을 느꼈다.

정말 알 수 없는 현상이었다.

엑스퍼트 중급에 오르고, 더 나아가 상급의 경지까지 바라볼 수 있는 자신이 어째서 공녀에게 압도된단 말인가.

이런 압박은 기사단장인 엘카스 백작에게서밖에 못 느껴본 것이다.

그는 고개를 숙이며 사죄했다.

"죄송합니다. 제가 주제넘었습니다."

루시아는 대답하지 않고 걸음을 옮겼다. 모든 사람들의 시선이 집중되고 있었지만 그녀의 시선은 걸어가는 리즈를 쫓고 있었다.

그는 어느 건물 앞에 멈춰서더니 경비병과 이야기를 나눈 뒤 안으로 들어섰다.

잠시 후, 건물 앞에 도착했다. 경비병들은 그녀의 미모에 눈을 휘둥그레 뜨며 살펴보기 여념이 없었다.

그에 아랑곳하지 않고 루시아는 호위기사를 보며 물었다.

"여긴 어디?"

"제가 물어보겠습니다. 여기가 어디냐?"

"라, 라파드 상단입니다."

날카롭게 벼려진 기세에 몸을 떤 경비병들이 대답했다.

그것을 고스란히 전해들은 루시아의 시선이 건물 앞에 고정되었다.

"라파드 상단."

그 시각, 건물 안으로 들어선 리즈는 라파드와 이야기를 나누고 있었다.

"완성본이다."

"그래? 이번에는 꽤 오랜 시간이 걸렸군."

"어쩔 수 없잖아. 나름대로 바쁘기도 했고."

찻집부터 시작하여 광조 소환 건과 애플리케이션으로 정신없이 시간을 보냈던 리즈다. 단순히 옮겨 적는 작업이 아닌 만큼 여러 일에 치여 신작 작업이 늦을 수밖에 없었다.

"하긴, 그럴 수도 있겠군. 안 그래도 신작 이야기를 하려고 했다. 네 소설을 좋아하는 사람들이 어지간히 재촉하더군."

"좋아하다니 다행이군."

"그렇게 담담하게 받아들일 일이 아니야. '리안'이란 이름은 이미 왕국은 물론 주변국에 알려질 정도로 대단한 소설가라고? 그것을 담담하게 여기는 건 너밖에 없을 거다."

"내게 가장 중요한 건 따로 있으니까."

리즈는 쓴 미소를 지으며 대답했다. 다른 언어로 옮겨 적지만 결국 다른 사람의 작품을 도용한 것에 지나지 않는다. 그것으로 얻은 부와 명예가 자랑스러울 리 없다.

하지만 라파드의 귀에는 리즈가 당장 살아남기 급급해서 그런 거라 생각했다.

"그렇다면 어쩔 수 없지만. 하지만 간과해서는 안 돼. 나중에 가문을 나올 때 리안이란 이름은 네게 큰 힘이 되어줄 수 있어."

때가 되면 그가 가문에서 나올 거란 걸 알고 있다.

문제는 백작가에서 모든 것을 포기하고 나올 그를 순순히 보내주느냐였다.

그럴 가능성이 희박했기에 리즈가 이렇게 발버둥을 치는 것이다.

"그럴지도."

"그러니 지금 속도도 좋으니 꾸준히 책을 내는 게 중요해. 혹시 아나? 널 좋게 본 귀족이 작위라도 하사해줄지."

"그런 건 나중에 고민하도록 하고, 당분간은 소설책도 출간 시기를 조절해야 돼."

옮겨 적는 것도 나름대로 시간이 들었다. 적절한 표현 여부를 찾아야 했고, 문장 구조는 물론, 장면 조성도 신경을 써야 했다.

하지만 이 모든 것을 신경 쓰기에는 시간이 너무 부족했다. 지금 당장 집중해야 하는 것은 애플리케이션이 최대한 많은 마법 수식을 새겨 넣는 것이다.

마음 같아서는 그 일에만 치중하고 싶지만 '리안'이라는 소설가의 네임벨류를 유지하기 위해 틈틈이 신경을 쏟아야 했다.

"이럴 때는 '리안'의 이름값이 너무 높아져 좋지 않군."

"남들이 들으면 화낼 소리를 태연하게 하는데?"

"놀고먹는 상단주한테 그런 말 듣고 싶지 않은데."

"놀고먹는데도 이렇게 돈 잘 버니 얼마나 대단하냐? 그러니 내가 미친놈이다. 하하하!"

"그래, 너 미친놈이다."

고쳐줄 의지조차 들지 않아 그냥 라파드를 미친놈 취급하는 리즈였다.

물론 두 사람이 생각하는 표현의 차이는 극명했지만.

이후 계약서를 새로 작성하고, 라파드는 리즈에게 리안의 이름을 활용할 수 있는 방안에 대해 이야기했다.

"여차하면 리안의 이름으로 된 몰락 귀족의 신분을 사들여도 돼."

라파드의 이야기는 구체적이었다.

그의 이야기는 간단했다.

리안이란 이름을 가진 몰락 귀족의 신분을 사들여 가문에서 벗어나 그 신분으로 새로운 삶을 살아가는 것이다.

그가 소설과 찻집 운영을 통해 벌어들인 돈은 충분히 귀족 신분을 사들여도 될 만큼 되었다.

"새로운 신분?"

"밑바탕은 내가 되어줄 수 있어. 어때?"

"알았어. 고맙다."

거기까지 힘을 써준다면 리즈에게 큰 힘이 되었다. 고마움을 담아 인사를 하자 라파드는 고개를 저었다.

"세상 사람들이 외면하고 내가 가장 힘들어할 때 날 믿고 도와준 게 너다. 이 정도는 내가 해줄 수 있는 거니까 고맙다는 말은 마라. 그러면 내가 너에게 고맙다는 말을 수만 번 해도 모자라니까."

두 사람은 서로 마주보며 미소 지었다. 그 속에는 다른 누가 침범할 수 없는 굳은 신뢰가 자리하고 있었다.

만족스럽게 계약을 마친 리즈는 방을 벗어났다. 그러다 문

앞에 쓰러져 있는 경비병을 보고 인상을 찌푸렸다.

"뭐야? 자는 건가."

피곤한 일이긴 하지만 근무 중에 잠이 들다니. 경비병 둘을 보며 혀를 찬 리즈는 밖으로 나왔다.

"어이, 뭐야!"

"왜 이곳에서 자고 있어?"

그곳에서도 두 경비병이 쓰러져 있었고, 교대 근무를 하러 온 경비병이 그들을 깨우고 있었다.

"왜 저러는지. 라파드에게 말해야겠군."

해이해진 경비병 상태에 혀를 찬 리즈는 고개를 젓고 말았다.

"새로운 신분이라……."

저택으로 돌아오는 리즈의 안색은 심각하게 굳어 있었다. 하지만 그의 마음만큼은 상당히 가벼워진 상태였다.

라파드가 권한 새로운 신분에 대해 전혀 생각지 못한 사안이었다.

귀족들은 자신이 속한 가문을 목숨보다 중요시 여긴다.

자연히 이름을 버리는 행동은 상상도 하기가 힘들었던 것이다.

"나도 모르게 귀족주의에 물들어 있던 거겠지."

쓴웃음을 지은 뒤 훗날 있을 일들을 떠올려 보았다.

신분 자체만 세탁할 수 있다면 후에는 오로지 자신의 삶을 살 수 있게 된다.

문제는 거기까지 가는 과정이다.

골칫거리로 전락한 자신을 백작부인이 쉬이 놓아줄 리 없기에 그녀의 마수에 벗어나는 것이 우선이었다.

그러기 위해서 가장 필요한 것은 힘이다.

"역량을 기르는 수밖에."

방으로 돌아온 그는 태블릿 PC에 마법 수식을 입력하기 시작했다.

목표가 생겨난 이상 부지런히 앞날을 대비하는 것이 중요했다.

한참 동안 마법 수식을 풀어내는데 여념이 없을 무렵, 밖에서 노크 소리와 함께 하녀의 목소리가 들려왔다.

"도련님, 손님이 오셨습니다."

평소와 달리 하녀의 목소리는 가늘게 떨리고 있었다.

"손님?"

태블릿 PC에서 눈을 뗀 리즈는 의아한 표정을 지었다. 달라진 하녀의 음성을 느꼈고, 자신을 찾아올 손님이 누구였는지 짐작하기 힘들었던 것이다.

순간 하녀를 긴장시킬 손님의 정체가 누구인지 스쳐 지나갔다.

'연주 부분 때문인가?

백작부인과 칼스가 떠올랐지만 유력한 것은 백작부인이었다.

내일 연주는 상당히 중요한 부분을 차지하고 있다. 파티 준비를 진두지휘하는 만큼 자신의 상태를 점검하는 것은 당연했다.

다만 자신을 부르지 않고 찾아온 경우는 없었기에 의혹은 더욱 증폭되었다.

"모셔라."

허락이 떨어지자 문이 열리면서 한 사람이 모습을 드러냈다. 백작부인을 맞이할 준비를 하던 리즈는 등장한 사람을 보고 뻣뻣하게 굳고 말았다.

은발에 인형같이 무표정한 얼굴은 그에게 결코 잊을 수 없는 순간을 선사했다.

리즈의 방에 방문한 것은 다름 아닌 루시아였던 것이다.

그를 바라보는 그녀의 눈에는 빛이 감돌고 있었다.

평소 잔잔하게 가라앉아 있던 것을 감안하면 그녀의 반응은 이례적이란 걸 알 수 있을 터였다.

두 번째 만남에 불과했지만 첫 만남에서 워낙 강렬한 느낌을 받았던 리즈였기에 그녀의 상태가 예전과 많이 다르다는 걸 깨달았다.

그래서 부담되었다.

그녀는 카리온 공작가 손님 중 가장 비중이 높은 인물.

플레이드 백작조차 신경을 기울일 정도로 중요한 손님이
었다. 남들의 눈에 띄면 좋지 못한 그였기에 정중히 예를 차
리며 맞이했다.

"이곳에는 무슨 일로……?"

"……."

루시아는 아무 말도 하지 않고 조용히 그녀에게 다가갔다.

가까이 다가오는 모습을 보면서 리즈는 긴장감을 끌어올
렸다.

삼 년이란 시간 동안 그녀는 눈부시게 아름다워져 있었다.

여자에게 지독히 당한 뒤로 다시는 사귀지 않겠다고 했지
만 그 결심을 송두리째 흔들어버릴 만큼 그녀는 매력적이었
다.

바로 앞까지 다다르자 코끝을 자극하는 향기가 스며들었
다.

남자를 유혹하는 강렬한 페로몬이다.

'이러니 칼스 녀석이 안달날 수밖에.'

가문 내에서 온갖 예의를 차리고 좋은 평판을 만드는데 힘
쓰는 칼스가 그녀 앞에서 꼼짝 못하던 모습을 떠올리니 이상
상태에서 벗어날 수 있었다.

하지만 이어진 그녀의 중얼거림은 그의 몸을 뻣뻣하게 만
들고 말았다.

"리안?"

"……!"

경악으로 물드는 리즈의 표정을 보며 루시아의 눈에 서린 이채는 더욱 짙어졌다.

느릿하게 고개를 한 번 끄덕인 그녀는 몸을 돌리더니 작은 목소리로 속삭였다.

"저녁 식사 후, 산책로에서."

그 말을 남긴 뒤 루시아는 방을 벗어났다. 멀어지는 그녀의 모습을 보면서 리즈는 아무 말도 할 수 없었다.

"어, 어떻게?"

리즈는 혼란스러웠다.

삼 년 만에 만난 그녀의 입에서 흘러나온 말은 충격적이었다.

자신이 리안이란 걸 아는 사람은 라파드 말고 아무도 없다.

그의 상단 내에서 아는 사람이 아무도 없을 만큼 철통 보완을 자랑하고 있었던 것이다.

"미치겠군."

리안이란 이름은 지금에 이르러 상상도 못할 만큼 큰 파장을 일으킬 수 있다.

그 이유는 간단했다.

자신이 출간한 소설들은 하나같이 높은 판매고를 이룩했으며, 귀족들, 특히 귀부인과 영애들 사이에서 선풍적인 인기를 끌고 있다.

이러한 유명세는 리즈에게 상상도 못할 부와 명예를 가져다주었지만 반대로 행동의 폭을 제한하는 결과를 낳기도 했다.

당장 정체를 밝히는 것도 좋을 수 있다.

하지만 라파드와 오랜 대화를 나눈 끝에 근시안적인 방법이라 생각하고 고사한 적이 있다.

리안이란 이름은 유명했지만 플레이드 백작가에 처한 특수한 상황은 그것이 좋지 못하게 작용할 확률이 농후했다.

유명세를 치를 경우 백작부인의 의도대로 칼스가 후계자로 낙점되는데 상당한 노력이 필요할 것임이 분명했다.

리즈가 마음에 없다고 하더라도 받아들이는 상대의 입장은 달라서였다.

이름값이 높아 안전해질 수 있다고 생각할 수 있겠지만 유명세만큼 눈에 띌 수밖에 없으니 상대의 수법은 더욱 은밀하고 악랄해질 것이다.

아무런 준비도 되지 않은 상황에서 세간에 주목을 받는 건 최악의 한 수에 불과했다.

"일단 만나보는 수밖에."

머리를 끙끙 싸매고 생각을 해도 뚜렷한 답은 나오지 않았다.

믿을 것은 루시아의 입이 무겁길 바라는 것뿐이다.

밖으로 나와 산책로를 걸으면서도 머릿속은 온통 복잡하기만 했다.

걸음을 옮긴 그는 저 멀리 루시아를 보고 나직이 탄성을 흘렸다.

"아……."

밤하늘을 지켜보는 그녀의 모습은 동화 속에 나올 법한 몽환적 아름다움을 지니고 있었다.

달빛에 반사된 은발이 반짝반짝 빛나고 있었고, 순백의 원피스는 더욱 고귀하고 성스럽게 만들었다.

리즈가 낸 음성을 듣고 루시아가 반응을 보이며 고개를 돌렸다.

두 사람의 시선이 허공에 얽혀들었다.

한동안 두 사람 사이에 무거운 침묵이 가라앉았다.

리즈는 이 분위기가 부담스럽게 여겨졌다. 루시아는 아무 말도 하지 않고 자신을 바라보고만 있었다.

결국 먼저 입을 연 것은 리즈였다.

"어떻게 알았습니까?"

"……."

"대답해 주십시오."

강경하다고 할 정도로 리즈는 강하게 나갔다.

리안이란 정체가 밝혀진 것은 그에게 있어 무척 중요했다.

자신의 비밀을 알고 있는 것이 누구인지 정확하게 파악해야 했고, 다른 이들이 알고 있다면 그에 대한 대책을 세워야 했다.

다급한 리즈와 달리 그녀는 그의 애가 닳을 정도로 반응을 보이지 않았다.

그녀 입장에서 리즈에게 물어볼 것이 너무나 많았다.

리안의 소설은 어린 시절 그녀에게 큰 영향을 끼쳤다. 수십 수백 번을 정독하면서 이 소설을 쓴 사람은 어떤 사람일까 생각을 해보곤 했다.

하지만 막상 눈앞에서 마주치자 무엇을 물어봐야 할지 선뜻 생각나지 않았다.

자신의 입장에서 생각을 마치자 이제야 리즈의 모습이 눈에 들어왔다.

무슨 연유인지 몰라도 그는 무척 다급해 보였다. 자신의 정체가 밝혀진 것이 충격적인 듯싶었다.

먼저 진정시켜야 할 필요성을 느끼곤 느릿하게 고개를 저었다.

"…나밖에 몰라."

"사실입니까?"

"사실이야."

"후우!"

리즈는 안도의 의미를 담아 깊이 한숨을 내쉬었다. 알고 있는 사람이 그녀뿐이란 사실에 커다란 짐 하나를 내려놓은 느낌이었다.

이는 곧 그녀의 입을 다물게 하면 다른 누구도 알 수 없다는 뜻이었다.

고개를 숙인 그는 간절함을 담아 말했다.

"부탁드리겠습니다. 제 정체에 대해서는 비밀로 해주시지 않겠습니까?"

"……."

루시아는 아무 말도 하지 않고 그를 바라보았다. 평소에는 속을 알 수 없는 눈이었지만 이번만큼은 비밀로 해야 하는 이유를 궁금해했다.

하지만 리즈는 그 연유를 설명할 수 없었다.

그가 대답해줄 생각이 없다는 걸 느낀 루시아는 속으로 한숨을 내쉬었다.

내심 설명해 주길 바랐지만 남들에게 공개할 수 없는 비밀이 있는 듯싶었다.

"…대신 내 질문에 대답해 줘."

"얼마든지 물어보시길."

리즈의 대답에 그녀는 멈칫했다.

그동안 그에게 묻고 싶은 질문은 수백 가지가 넘을 정도로 많았다. 막상 상황이 닥치니 무엇을 우선적으로 물어봐야 할지 몰랐다.

그러다 그녀의 머릿속을 스치는 것이 있었다.

리안의 작품 중 자신이 가장 좋아하던 〈사랑은 아프다〉의 결말은 깊은 인상을 남겼다.

대개 로맨스 소설이 신분의 차이를 극복하고 해피엔딩으로 끝이 났다면 〈사랑은 아프다〉는 사랑을 얻었지만 결국 현실의 벽을 극복하지 못한 배드엔딩으로 끝을 맺는다.

공작가의 꽃으로서, 자신의 값어치는 가문과 다른 가문의 이해가 맞물려야 할 때 가장 빛을 발한다는 걸 느끼게 되었다.

그때 읽은 이 작품은 자신의 어린 시절 자신의 가치관을 형성하는 데 큰 영향을 끼쳤다.

여자로서 로맨틱한 사랑을 꿈꿔보지 않은 것은 아니다.

하지만 자신을 가로막는 현실의 벽은 높았다.

"…사랑은 아픈 거야?"

소설가 리안을 만난다면 그녀가 물어보고 싶은 것이었다.

뜬금없는 물음에 리즈는 멍한 표정을 짓고 그녀를 바라보았다.

상상하던 것과 전혀 다른 성격의 질문이었다.

"사랑이라……."

그녀가 물어보는 것이 무엇인지 그는 깨달을 수 있었다.

자신이 출간한 소설 중 〈사랑은 아프다〉는 가장 많은 인기를 얻음과 동시에 가장 많은 비판에 시달린 작품이기도 했다.

이는 대개의 로맨스 소설이 지닌 속성을 단번에 깨버려서 그렇다.

본래 원본 소설은 신분의 차이를 극복하고 행복한 삶을 살아가는 것으로 끝을 맺는다.

하지만 리즈는 이 결말이 마음에 들지 않았다.

현실의 벽은 높고, 직접 겪어본 귀족 사회는 상상보다 훨씬 화려했다.

그런 삶을 사랑으로 모두 극복할 수 있다는 것은 어린 시절부터 이해타산에 밝은 귀족 영애가 극복할 수 있는 사안이 아니었다.

그래서 결말을 비틀어 버렸다.

본래 〈사랑은 아프다〉의 제목 뜻은 행복을 얻는 해피엔딩의 과정에서 겪는 고통을 뜻했지만 리즈가 뒤틀어 버린 내용은 사랑 자체가 고통스럽고 현실의 벽이 견고하다는 것을 말하게 되었다.

이러한 내용의 비틀림은 전생에 여자에게 배신당하고 사채업자에게 삼 년 동안 붙잡혀 생활했던 것이 큰 영향을 끼쳤다.

'사랑은 아픈 법이지.'

너무나 현실적인 생각이지만 결코 그 생각은 바뀌지 않을 것이다.

"사랑은 아픕니다."

"…어째서?"

그녀의 목소리가 다소 떨린다고 생각한 것은 리즈만의 착각일까.

이상함을 감지했지만 그녀의 질문을 듣고, 자신만의 답을 떠올리는 순간, 전생의 감정이 물밀 듯이 밀려오고 있었다.

"소설 제목인 〈사랑은 아프다〉에서 아픔은 읽은 독자들이 내리는 판단에 따라 달라집니다. 사랑을 얻기 위해 고통을 느낄 수 있고, 사랑하는 과정에서 서로의 입장이 달라 고통을 느낄 수 있습니다. 제목에 담긴 뜻은 읽는 독자가 적용할 뿐입니다."

"……"

그의 대답은 그녀의 의문을 풀어주지 않았다. 오히려 머릿속을 복잡하게 만들뿐이었다.

그랬기에 그녀는 아무 말도 하지 않고 깊은 생각에 잠겨들었다.

리즈는 루시아를 보면서 묘한 느낌을 받았다. 고귀한 공녀인 그녀조차도 자신의 소설을 읽었다는 사실이 새삼 라파드가 역설하던 리안의 유명세를 증명하는 것 같았다.

"그럼 그때 말한 건 뭐야?"

"아아?"

"힘이 필요하다는 것."

"아……!"

그녀의 말에 삼 년 전 만남을 가졌던 순간이 떠올랐다.

그때 자신은 지니고 있는 힘이 부족하여 무기력함을 느꼈고, 느끼고 있는 감정을 전하고 말았다.

"소설 속 주인공들이 비극적인 결말을 맞이한 것은 힘이 없어서입니다. 힘이 없어 가문을 피해 도망쳐야 했고, 숨어야 했습니다. 만약 힘이 있었다면 그들이 그렇게 궁벽한 삶을 살아야 했을까요?"

그의 강렬한 눈빛에 루시아는 고개를 저었다. 힘이 있으면 도망칠 이유는 어디에도 없었다.

"그 이유입니다. 사랑뿐만 아니라 세상 모든 것에는 힘이 필요합니다. 힘이 없는 정의는 공허한 외침일 뿐. 그렇기에 그 말을 한 것입니다."

루시아는 고개를 끄덕였다.

솔직히 말해 그가 무슨 말을 하고자 하는지 완벽하게 이해한 것은 아니다.

하지만 한 가지만은 확실했다.

힘이 없으면 아무것도 할 수 없다는 것을.

그리고 그것은 삼 년 전부터 절절하게 깨닫고 있는 사안이기도 했다.

"…비밀은 지켜줄게."

"감사합니다."

"하지만 사랑은 아픈 것 같아."

그녀는 리즈를 향해 미소를 지어보였다. 어둠마저 걷어내는 환한 미소에 그는 자기도 모르게 한 걸음 뒤로 물러나고 말았다.

비밀을 지켜주겠다는 말에 안도했지만 뒤에 이어진 말속에 담긴 의미는 결코 만만치 않았다.

그저 지금 이 순간에는 깨닫지 못할 뿐이었다.

"불청객이 있으니 갈게."

그 말을 끝으로 루시아는 몸을 돌려 산책로를 벗어났다. 의아한 표정을 지은 리즈는 주변을 둘러보았지만 아무것도 찾을 수 없었다.

"개자식, 개자식!"

칼스는 이를 부득부득 갈며 주먹을 움켜쥐었다. 손톱이 파고들면서 피가 배어나왔지만 힘을 풀지 않았다.

그가 리즈와 루시아의 만남을 목격한 것은 결코 우연이 아니었다.

저택 곳곳에 깔아둔 정보망에 의해 그녀가 그의 방에 잠시들렀다는 소식을 접했고, 저녁 식사 시간 이후 산책로에 나와 있다는 걸 듣고 그곳으로 향했다.

자연스러운 만남을 가장하여 친분을 쌓을 의도였다.

하지만 자신을 비웃기라도 하듯 리즈가 나타났다. 거리가 멀어 대화 내용을 알 수 없었지만 두 사람이 만남을 갖고 있다는 것 자체가 참을 수 없는 분노를 일으켰다.

동시에 무기력함을 느꼈다.

마음만 먹으면 영지 내 어떤 여자라도 말 한마디로 무너뜨릴 수 있지만 루시아는 가문보다 훨씬 강한 권세를 지닌 카리온 공작가 공녀다.

그녀는 가문에 있어 그리고 자신에게 있어 큰 의미를 지녔다.

카리온 공작가의 힘을 등에 업을 수 있을 것만 뜻하는 게 아니다.

왕국제일미녀.

누구에게도 주어지지 않았던, 왕국 역사상 가장 아름다울 거라 알려진 것이 그녀였다.

그렇기에 그녀를 얻고자 각고의 노력을 기울였고, 마주한 자리에서 처절할 정도로 모든 것을 내어놓기도 했다.

간신히 만든 자리였다. 그것을 리즈가 모조리 빼앗아간 느낌이었다.

단지 할 수 있는 것은 리즈에 대한 적개심을 불태울 뿐.

"……!"

불같은 질투심이 치밀어 오르는 것을 느끼고 있던 칼스는 순간 머리가 텅 비어버리는 걸 느꼈다.

루시아가 리즈를 향해 환한 미소를 짓고 있던 것이다.

그 누구에게도 보여주지 않았던 그녀의 미소.

심지어 삼촌인 엘카스 백작조차도 본 적이 없다고 했다.

그 미소가 지금 눈에 들어왔던 것이다.

그것도 자신을 위해서가 아닌 벌레만도 못하게 여기는 리즈의 앞에서.

당장 뛰쳐나가고 싶은 마음을 간신히 참았다.

칼스는 루시아가 몸을 돌리는 순간, 눈을 마주쳐야 했다. 놀란 그는 황급히 몸을 숨겼다. 심장이 거세게 요동치는 것이 느껴졌다.

"날 봤어?"

자신과 루시아의 거리는 족히 백여 미터가 넘었다.

세상을 뒤덮은 어둠을 꿰뚫고 그 거리를 본다는 것은 결코 쉬운 일이 아니었다.

자신 또한 그동안 쌓아온 모든 마나를 동원하고 있었으니까.

그녀는 자신의 노력을 비웃기라도 하듯 간단하게 거리를 격한 것이다.

"후욱! 후우!"

호흡을 고르며 가슴을 가라앉힌 칼스는 두 남녀가 있던 곳을 바라보았다.

자리를 떠난 루시아의 모습은 찾아볼 수 없었고, 리즈만 서 있었다.

리즈가 처소로 돌아가려 할 때 칼스는 앞을 가로막았다.

날카로운 눈빛에 움찔하는 것을 보며 사나운 음성으로 말했다.

"개자식, 감히……."

"……."

서늘한 살기를 감지한 리즈가 몸을 가늘게 떨었지만 애써 의연한 척했다.

그 모습이 더 마음에 들지 않았다.

사생아 주제에.

칼스는 리즈의 어깨를 거칠게 친 뒤 지나쳤다.

반드시 죽여 버리겠다고 다짐하면서.

제9장

존재감을 드러낼 때

전쟁 중임에도 불구하고 플레이드 백작가에서 성대한 파티가 열리자 그론델 후작가 또한 바빠지기 시작했다.

카리온 공작가의 힘은 그론델 후작가를 월등히 능가한다.

그들의 합류는 잃어버린 영토를 되찾기 위해 총력전을 준비하는 그론델 후작에게 좋지 못했다.

"카리온 공작가가 어떻게 할 것 같지?"

그론델 후작은 삼십대 후반의 장년인이었다. 젊은 나이에 작위를 승계한 그는 야심이 큰 인물이었다.

가장 먼저 힘을 확보하기 위해 착수한 것이 인접한 강자 플레이드 백작가를 꺾고 남부 지방 전체에 영향력을 행사하는 것이다.

"대답하라, 남작."

그론델 후작의 지낭인 데로시 남작이 고개를 숙이며 대답했다.

"다분히 보여주기 위한 식이지만 남부 지방으로 시선을 옮기는 만큼 실행으로 옮길 가능성도 적지 않습니다."

"실행으로 옮긴다?"

"예! 하지만 그 힘의 크기는 미미할 것임이 분명합니다. 카리온 공작가가 남부 지방에 역량을 집중할 만큼 넉넉한 상황이 아닙니다."

"흠! 단순 경고일 뿐이란 뜻인가?"

"그렇습니다. 하지만 카리온 공작가의 힘이 만만치 않으니 플레이드 백작가에 적잖은 도움이 될 것입니다."

플레이드 백작은 바보가 아니었다. 카리온 공작가의 이름만으로도 충분히 영향력을 끼치는 것이 가능했다.

그렇기에 그론델 후작은 이대로 좌시할 수 없다고 생각했다.

"그럼 우리가 해야 할 일은 무엇인가."

"카리온 공작가의 힘이 미미하다고 하나 그 크기는 무시할 수 없는 법입니다. 당연히 그들의 화합을 방해해야 함이 옳습니다."

"어떤 방식으로?"

"그 부분에 대해서 후작각하께서 허락을 해주시면 신이 계책을 세워보겠습니다."

자신감 넘치는 데로시 남작의 대답에 그론델 후작이 눈을 빛냈다.

"생각하고 있는 게 있나 보군."

"그렇습니다."

"말해보라."

"예, 신이 생각하기로는……."

데로시 남작이 생각한 계책을 말하기 시작했고, 그것을 듣고 있는 그론델 후작의 입가에 진한 미소가 걸렸다.

리즈는 머리가 지끈거리는 걸 느꼈다. 칼스가 자신에게 내뿜던 살기는 거짓이 아닌 진짜였다.

"귀찮은 일에 휘말렸군."

백작부인을 가장 경계했지만 칼스도 그에 못지않게 위험했다.

어린 나이임에도 검술 성취도가 뛰어났고, 무모하다고 할 만큼 저돌적이었다.

루시아가 마지막에 남겼던 말은 아무래도 칼스를 뜻할 확률이 높았다.

남자가 가장 유치해지는 순간이 여자와 관련되었을 때다.

칼스는 두 눈에 확 들어올 정도로 루시아에 관심을 보였다.

자신이 아무 관련이 없다고 해명을 해도 그의 눈에 그리 보이지 않을 것이다.

"미치겠군."

저돌적인 칼스가 날뛰면서 백작부인을 충동질하면 어떤 일이 벌어질지 몰랐다.

신중한 백작부인도 결국 아들 앞에서는 순한 어머니일 뿐이었다.

꾸악꾸악!

한창 고민하고 있는 리즈의 귓가에 거슬리는 것은 광조의 울음소리였다. 고개를 돌리니, 어느새 하녀가 가지고 온 식사를 광조가 먹어치우고 있었다.

표정을 구긴 그가 광조를 타박했다.

"넌 주인이 먹지도 않는데 먼저 먹냐?"

"먹으면 임자! 먹으면 임자!"

"이 새대가리가……."

리즈가 이를 갈면서 태블릿 PC를 소환하자 광조가 움찔하면서 몸을 떨었다.

그가 가장 두려워하는 것은 태블릿 PC 내로 귀환하는 것이다.

칠흑같이 어둡고 제 한 몸 움직이기 힘든 좁은 공간은 악몽과도 같았다.

맛있는 음식도 없고, 따사로운 햇살도 없다.

태블릿 PC야말로 광조가 생각하는 지옥이었다.

짧은 다리로 뒤뚱거리며 걸음을 옮긴 광조가 그릇을 리즈에게 내밀며 외쳤다.

"주인 드세요! 주인 드세요!"

"……."

그릇을 본 리즈는 아무 말도 하지 않은 채 인상을 찡그렸다.

광조가 부리로 헤집어놓은 음식은 타액을 비롯하여 엉망진창으로 어질러져 있었다.

식욕이 뚝 떨어지는 걸 느낀 리즈는 자리에서 일어나 침대에 누우며 외쳤다.

"후! 너 다 먹어라!"

누워 있던 그는 잠시 후, 고른 숨소리를 냈다.

칼스와의 문제로 인해 정신적으로 지쳐 있어 금방 잠이 든 것이다.

그 모습을 지켜보던 광조는 꾸악꾸악! 소리를 치더니 작게 중얼거렸다.

"계획대로! 계획대로!"

마침내 파티 날짜가 되었다.

저택은 아침부터 분주한 움직임을 보이기 시작했다.

그 가운데 리즈는 개조된 기타를 바라보면서 차분히 호흡을 골랐다.

"잘할 수 있으려나."

새로 태어난 몸은 다행히 뛰어난 목을 가지고 태어났다. 기타와 곁들여 노래를 부른다면 괜찮은 무대를 선보일 수 있을 것 같았다.

하지만 문제는 역시나 문화의 차이였다.

찻집이 대박을 터뜨렸다고 하나 어디까지나 찻집일 뿐, 귀족들이 색다른 음악 문화를 이해할 수 있을지는 의문이었다.

보수적인 성향을 지닌 그들에게 리즈의 음악은 낯선 것에 지나지 않을 테니 말이다.

악기를 준비하고 차분히 태블릿 PC를 소환한 채 오늘도 마법 수식을 푸는데 여념이 없던 그는 칼스의 방문 소식에 의아한 표정으로 그를 맞이했다.

흉흉한 기색을 띤 그는 리즈를 보자마자 사납게 소리쳤다.

"오늘 파티에 갈 생각은 아니겠지?"

"참가할 생각인데?"

"개수작을 부리지 마라!"

며칠 전 루시아와 함께 있던 것으로 인해 단단히 밉보인 모양이었다. 입가에 쓴 미소를 지은 리즈는 악기를 가리키며 말했다.

"악사로 참가할 예정이다. 그러니 걱정하지 마라."

"……"

생소한 악기를 보면서 칼스는 입을 다물었다. 그의 머릿속은 부지런히 회전하고 있었다.

악기를 연주하는 행위는 귀족들 사이에서 천하게 여기는 경우가 많다.

자존심이 강한 그들은 문학적인 계열을 존중하나, 악기 계열은 즐길 뿐, 직접 연주하는 것은 천시한다.

리즈가 악기를 연주한다면 귀족들 사이에서 평판이 떨어질 것은 당연했다.

이는 당연히 루시아도 그리 여길 확률이 높았다.

'제 무덤을 파는군.'

리즈를 보면서 실망할 루시아의 표정을 떠올리니 저절로 미소가 그려졌다가 자신의 상태를 자각하고 표정을 지웠다.

"네놈이 악기 연주를 할 줄 안다고?"

"오늘 연주도 어머니가 부탁해서 하는 거다."

"어머니가?"

역시 어머니란 생각에 칼스는 고개를 끄덕였다. 악기를 연주하는 리즈를 본다면 실망한 가신들은 자신에게 돌아설 확률이 높았다.

"좋다, 대신 악기만 연주하도록. 허튼 수작은 용서하지 않겠다."

"뭐, 그러지."

어차피 파티에 참석하는 귀족 중 아는 사람은 없다.

자신의 비밀을 알고 있는 루시아도 대하는 것이 껄끄러운 만큼 악기를 연주한 뒤 곧바로 방에 돌아올 생각이었다.

"지켜보지."

그의 확답을 얻은 칼스도 더 추궁하지 않고 몸을 돌렸다.

쾅! 하는 소리와 함께 닫히는 방문을 보면서 리즈는 고개를 저었다.

"먼저 떠나야겠군."

서클의 숫자가 늘어나고, 상황 여건이 받쳐주면 떠날 생각을 하는 그였다.

플레이드 백작가에서 주최하는 파티는 성대했다.

그를 따르는 귀족 가문들은 속속 참여했고, 오늘의 초대 손님이라 할 수 있는 카리온 공작가 사절단도 모습을 드러냈다.

음악 소리가 흐르면서 그들은 담소를 나누었다.

주로 엘카스 백작과 플레이드 백작이 대화를 나누는 가운데, 대기조처럼 늘어선 귀족들이 참여하여 몇 마디 말을 교환하는 정도였다.

"공작가에서는 어떻게 할 생각인지?"

"음, 저도 형님의 의중을 잘 모르는지라. 한 가지 확실한 것은 백작가를 도울 생각을 갖고 있다는 점입니다."

"그 점은 감사합니다만."

엘카스 백작의 말이 애매모호했기에 플레이드 백작의 미

간이 좁혀졌다.

그는 좀 더 확실한 대답을 바라고 있었다. 전황이 불리하지는 않지만 이대로 가다가는 전쟁에 임하는 양측 가문 모두 고사할 지경이었다.

"확실한 대답을 듣고 싶습니다."

"남부 지방은 거리가 멉니다. 형님도 마음 같아서는 전력을 파견하고 싶어 하시나, 가문을 이끌어감에 있어 독단으로 이루어지는 경우는 거의 없습니다. 백작님도 그것을 잘 알고 있으리라 생각합니다."

"음!"

논리정연한 말에 플레이드 백작은 신음을 흘리며 고개를 끄덕였다.

자신이나 그들이나 같은 생각을 품고 있을 것이다.

최소한의 투자로 최대의 효율을 낸다.

카리온 공작이 전력을 파견할 생각을 굳혔다면 두 가문의 대립이 가장 첨예하게 이루어졌을 때 끼어들 것이다.

"심각한 이야기는 나중에 나누도록 하지요."

요구가 과하면 카리온 공작가는 다른 동업자를 찾으면 그만이었다.

엘카스 백작의 기분이 상하지 않는 선까지 권했던 플레이드 공작은 더 권하지 않고 한 걸음 물러서는 모습을 보였다.

"하하, 물론입니다. 오늘 많은 분들을 만나게 되니 좋군요."

두 백작의 눈이 서로 마주쳤다.

서로의 속내는 이미 알고 있는 상황이었다. 하지만 가면을 쓰고 웃음으로 대하면서 빈틈을 찾기 위해 노력했다.

파티는 점점 흥을 더해갔다.

연신 인사를 건네며 잔을 권하자 엘카스 백작은 서서히 취기가 오르는지 얼굴이 붉게 달아올랐다.

그러다 그는 어느 한곳에 시선을 고정하더니 눈을 빛내면서 자기도 모르게 감탄사를 흘렸다.

"호오!"

"왜 그러십니까?"

"저 아이는 백작님의 자제분이 아닌지?"

엘카스 백작을 따라 시선을 옮긴 플레이드 백작은 멈칫했다.

오늘 이 자리에 초대하지 않은 손님이 모습을 드러낸 것이다.

그는 다름 아닌 리즈였다.

'저 녀석이 어떻게……'

가문의 치부라 할 수 있기에 이런 자리에 리즈를 부른 적 없는 그였다.

대체 어떻게 이곳에 온 것이란 말인가.

이상한 악기를 든 그는 플레이드 백작이 뭐라 만류하기 전에 악사들이 연주하던 홀 위로 올라섰다.

홀로 등장한 그를 보며 파티에 참석한 사람들은 호기심을 드러냈다.

파티 홀에서 음악을 연주하는 악사들은 대부분 여러 명이다. 리즈처럼 홀로 움직이는 경우는 거의 없는 것이다.

"저는 플레이드 가문의 리즈라고 합니다."

사람들의 놀란 시선이 리즈에게 집중되었다. 그러다 플레이드 백작에게 향했다.

"……"

플레이드 백작의 표정이 딱딱하게 굳어 있었다. 귀족들은 그것만으로도 리즈가 말한 것과 연관있다는 걸 확신할 수 있었다.

백작가에 외부로 드러나지 않은 사생아가 있다는 사실은 이미 암암리에 알려진 사실이었다.

"제게 작은 재주가 있습니다. 오늘 여러분들에게 음악을 들려드리고자 합니다."

담담하게 말했지만 지켜보는 이들의 눈에 경멸이 자리하기 시작했다.

악기를 연주하는 것은 천하다고 여기는 평민들이나 하는 것이다. 귀족들이 하는 악기는 종류가 정해져 있었다. 리즈가 들고 있는 것은 어디에도 없었다.

곳곳에서 시선이 모여들었지만 리즈는 아무런 반응도 하

지 않았다.

이런 반응이 흘러나올 것이란 건 이미 예상한 바였다.

힐끗 시선을 옮기니 백작부인이 묘한 미소를 띤 채 자신을 바라보고 있었다.

모든 게 계획대로란 뜻이겠지.

'철저히 광대가 되어주지.'

장단에 맞춰 놀아줄 것이다.

그리고 언제고 한 번 크게 한 방 먹여줄 때가 있을 거다.

그때를 생각한 리즈는 이를 꽉 깨물고 기타 줄을 부드럽게 튕겼다.

"호오!"

홀에 올라선 리즈를 보며 엘카스 백작은 눈을 빛내며 감탄했다.

아직 어린 소년이었다.

열여덟 전후로 보이는 그가 누구인지 엘카스 백작은 단번에 알아보았다.

루시아가 누구를 마음에 들어 했는지 알아보면서 알게 된 플레이드 백작가의 비밀.

백작부인이 아들이 칼스를 후계자로 만들고자 온갖 음해를 하고 있단 것은 이미 카리온 공작가의 정보망에 낱낱이 걸려들어 있었다.

'대단하지 않은가.'

누구 하나 편이 없는 상황이다.

백작부인은 장악력이 대단하여 리즈를 보좌하는 하녀마저 그녀의 사람이라고 한다.

모두가 적인 상황에서 꿋꿋하게 버텨내는 인물이 결코 평범할 리 없다.

지금 또한 마찬가지다.

악기 연주는 모든 귀족들이 천하다고 여기는 행동이다.

실제로 경멸의 의미를 담아 바라보고 있지 않은가.

그럼에도 불구하고 겉으로 드러내지 않은 채 자기 할 일을 하는 모습은 이미 평범의 수준에서 벗어났다는 것을 의미했다.

'루시아가 흥미를 가질 만하군.'

정보만으로는 눈치채지 못했지만 눈으로 보는 순간 평범치 않은 인재란 걸 깨달을 수 있었다.

과연 어떤 연주를 보여줄 것인가.

호기심 어린 엘카스 백작의 시선은 리즈에게 고정되었다.

'성공이군.'

멀리서 상황을 지켜보던 백작부인의 입가에 미소가 맺혔다.

자기소개를 하면서 악기 연주를 언급한 순간 상황은 종료

된 것이나 다름없다.

은연중 장자계승 원칙을 내세우던 가신들의 표정은 구겨져 있었다. 멀리 보이는 플레이드 백작의 표정은 딱딱하게 변한 것은 물론이다.

백작부인 곁에서 대화를 나누던 다른 귀부인들은 리즈를 보면서 안타까움이 담긴 목소리로 말했다.

"부인, 어떻게 해요."

"악기 연주라니."

"천한 것들이나 하는 행동을."

예상했던 반응이 흘러나오자 백작부인은 미소를 빠르게 지웠다. 속마음과 달리 겉으로는 아들을 걱정하는 모습을 보여야 했다.

"그러게 말이죠. 그렇게 하지 말라고 했는데……."

"백작부인이 그러셨나요?"

"하지만 제 말을 듣지 않더군요. 속상해요."

"저런, 백작부인께서 이렇게 신경 써주시는데."

말을 하는 귀부인의 얼굴에는 안타까움이 서렸고, 다른 귀부인들은 혀를 차기 시작했다. 겉으로 드러내지 못했지만 리즈는 어머니의 말을 따르지 않는 천하의 나쁜 놈이 되어버렸다.

그녀들 모두 입이 무겁다고 할 수 없었다.

오늘 일은 곧 다른 파티 자리를 통해 빠르게 번질 것이 분명했다.

'후후후.'

그녀는 속으로 짙은 웃음을 지었다.

디리링.

줄을 튕기자 부드러운 소리가 귀를 자극했다.

'튜닝 상태가 좋아.'

자신이 처한 상황을 떠나 악기 연주를 함에 있어 상태는 무척 중요했다.

이왕 하기로 한 이상 어설픔 따위는 없었다. 그저 최선을 다할 뿐, 상대가 무슨 생각을 갖고 있는지 알게 된 이상 있는 힘껏 전진할 뿐이다.

기타 연주가 흘러나오면서 부드럽게 사람들의 귓속으로 스며든다.

마음마저 편안하게 만드는 멜로디에 미소가 저절로 지어졌다. 가벼운 전주가 흐른 뒤, 리즈의 입이 열리며 노래를 부르기 시작했다.

"……!"

멜로디만 감상하던 사람들은 깜짝 놀란 표정을 지었으나 절묘하게 어울리는 부드러운 음성에 다시 한 번 녹아들었다.

리즈의 노래 실력은 발군이었다.

전생에서 취미로 기타를 치고 노래를 불렀으나 불행히도

큰 재능은 없었다.

하지만 현생은 달랐다.

리즈의 어머니는 유명한 무희였다.

뛰어난 악기 연주 실력과 춤 실력을 보유하고 있었고, 미모로도 이름 높았다.

고고한 꽃이었던 그녀를 꺾어버린 것은 플레이드 백작이었다.

직접 행차하여 그녀를 보고 마음에 들어 한 뒤 취한 것이다.

그녀의 아들이 리즈였고, 어머니의 외모를 물려받았다.

플레이드 백작이 그를 멀리하는 이유 중 하나가 빼닮았다고 해도 과언이 아닐 정도로 비슷해서였다.

뿐만 아니라 악기 연주와 노래에 대한 재능도 물려받았으니 사람들이 현혹되는 것도 무리가 아니었다.

경멸의 시선을 보냈던 처음과 달리 사람들은 서서히 그에게 빨려들기 시작했다.

그 모습을 지켜보던 플레이드 백작의 표정이 구겨졌다.

기타를 연주하며 노래를 부르는 리즈의 모습은 과거 끝까지 고고함을 유지하던 그의 어머니와 다를 바 없었다.

"…젠장."

나직한 욕설과 달리 분위기는 리즈의 것이다.

"······."

노래가 끝났음에도 파티 홀은 침묵에 잠겨 있었다. 노래는 천한 음유시인의 것이라 치부하던 그들은 리즈의 노래에 빠져들어 헤어나오지 못했다.

그가 부른 가사는 알아듣지 못할 말이었지만 속에 묻어나오는 감정은 언어의 장벽을 뛰어넘어 그들의 마음을 거세게 울렸다.

짝!

누군가가 박수를 쳤다.

그 소리에 정신을 차린 이들은 서서히 눈을 뜨기 시작하더니 자기도 모르게 박수를 치기 시작했다.

짝짝! 짝짝짝!

"감사합니다."

미소를 지은 리즈는 고개 숙여 인사를 했다.

세상의 모든 것은 실력으로 증명하는 법이다.

말이 앞서는 자는 결국 허풍쟁이가 되는 법이고, 말보다 실행을 옮기는 자는 성실함을 인정받게 마련이다.

그 누구도 리즈가 악기를 연주한다고 해서 천하다 생각하지 않았다. 그의 뛰어난 실력은 경멸하기에는 너무나 화려하고 아름다웠다.

짝짝짝.

"대단하군."

상석에서 지켜보던 엘카스 백작도 박수를 아끼지 않았다. 그의 얼굴에는 은은한 감탄이 서려 있었다.

자신의 편 하나 없는 상황에서 당당히 실력으로 모든 것을 극복했다.

이것이 얼마나 어려운 일인지 그는 잘 알고 있다.

과거 현 카리온 공작이 후계자로 확정되기 전, 그 또한 비슷한 상황을 겪었기 때문이다.

지금은 뛰어난 검호로 인정을 받지만 그 또한 평민 출신 어머니 때문에 무수히 많은 차별을 받았다.

이를 악 물고 검을 수련했고, 한계를 뛰어넘자 비로소 사람들의 인정을 받을 수 있었다.

사람들의 손가락질을 받던 리즈의 모습은 어린 시절 자신의 것과 크게 다르지 않았다. 그러다 당당히 자신의 실력을 인정받자 마치 자신이 칭찬을 받은 것처럼 기분이 좋았다.

"검에 재능이 있었으면 좋았을 것을."

하지만 현실과 이상은 엄격했다.

마음 같아서는 자신이 거두고 싶었지만 조사한 바에 의하면 리즈의 검술 재능은 절망스러운 수준이었다.

바람은 어디까지나 바람으로 끝내야 했다.

아쉬움에 혀를 차던 그의 귀에 한 줄기 음성이 스며들었다.

"삼촌."

"왜 그러느냐?"

어느새 루시아가 곁에 다가왔던 것이다. 반응을 한 엘카스 백작은 순간 가슴이 서늘해지는 것을 느꼈다.

분명 그녀는 자신과 제법 떨어진 곳에 앉아 있었다.

그런데 언제 자신에게 다가왔단 말인가?

기척조차 감지 못했기에 놀라움은 더욱 컸다. 그것을 모르는지 루시아가 그를 바라보며 말했다.

"…부탁이 있어요."

"부탁? 네가 내게 부탁을?"

고개를 끄덕인 그녀가 작은 목소리로 속삭였다. 부탁을 받아들인 엘카스 백작이 자리에서 일어났다.

우레와도 같은 박수를 받으며 큰 호응을 얻은 리즈는 미소를 지었다. 그리고 기타를 챙겨들었다.

애초에 약속하길, 연주를 하기로 했지 몇 곡을 한다고 한 적은 없다.

한 곡에 불과했지만 그것으로 평가를 뒤집어 버렸으니 만족스러웠다. 힐끗 본 백작부인의 표정은 울지도 웃지도 못했다.

'통쾌하긴 하지만……'

뒷일이 염려되었지만 자신 또한 하루가 다르게 힘을 쌓아가고 있었다.

세 번째 서클을 만든다면 4단계 마법을 구사하는 것이 가능해진다. 그 경지에 다다르면 더 이상 다른 이의 눈치 볼 이유가 없다.

"연주 잘 들었소."

막 일어서려던 순간, 우렁우렁한 목소리가 홀에 울려 퍼졌다.

사람들의 시선이 집중되었다. 그곳에는 우람한 덩치의 인상 좋은 중년인이 박수를 치고 있었다.

'엘카스 백작!'

리즈는 그가 누구인지 단번에 알아보았다. 플레이드 백작과 나란히 앉아 있을 만한 손님은 단 한 명밖에 없었다.

그는 무심코 그의 곁에 서 있는 루시아를 보고 말았다. 시선이 마주치는 순간, 이채 서린 눈을 보고 알 수 없는 불안함에 휩싸였다.

몸을 부르르 떠는 그를 향해 엘카스 백작이 소리쳤다.

"내, 그대의 연주와 노래를 감명 깊게 들었소. 혹 괜찮다면 한 곡 더 부탁해도 되겠소?"

엘카스 백작의 태도는 정중했다.

백작이자 이름 높은 검호인 그가 리즈에게 반존대를 하는 것만으로도 엄청난 대우를 해주고 있는 셈이다.

졸지에 리즈는 거절하기 힘든 처지가 되어버렸다.

눈을 반짝이는 루시아를 보면서 예상치 못한 덫에 걸려버렸다고 생각했다.

'어쩔 수 없지.'

만약 반응이 좋아 앙코르가 나오면 한 곡 더 할 생각이었다. 일종의 군히기다. 하지만 그 말이 나오지 않아 조용히 빠져나가려고 했는데 전혀 예측하지 못한 상황에 처한 것이다.

"알겠습니다. 어떤 것을 원하시는지?"

"신청곡이라기보다 그대의 추천곡을 듣고 싶소. 혹 알지 모르나 리안이란 소설가의 〈사랑은 아프다〉라는 소설이 있소. 그 소설과 어울리는 음악을 듣고 싶소만."

"……."

순간 리즈의 가슴이 철렁했다. 그리고 자기도 모르게 루시아를 바라보았다.

그제야 기대감으로 반짝이는 눈빛의 정체가 무엇인지 알게 되었다.

'걸려버렸군.'

절대 거절할 수 없는 상황이 되어버리고 말았다.

내심 질질 끌려다니는 지금 이 순간이 마음에 들지 않았지만 부탁을 받은 이상 거절할 수 없는 노릇이었다.

이미 파티장 내 귀족들의 기대감도 달아오른 상황이었다.

귀족 중에서 리안의 소설을 읽지 않으면 귀족의 자격이 없다고 할 정도로 유명했다.

그중 〈사랑은 아프다〉란 소설은 읽지 않은 사람이 없을 정도였다.

'어쩔 수 없지.'

재미있게도 전생에서 〈사랑은 아프다〉는 영화화되었고, 그 OST가 태블릿 PC 내에 저장되어 있다는 점이다. 기타 줄을 튕긴 그는 그 OST를 부르기 시작했다.

기본적으로 소설은 해피엔딩으로 끝난다.

하지만 이 세계에서 각색한 소설은 배드엔딩이다.

영화 OST는 사랑을 쟁취한 두 남녀의 행복함을 담아 끝을 낸다.

거기에서 강렬한 괴리감이 생겨날 수밖에 없다.

아이러니하게도 이러한 괴리감은 사람들의 마음에 더 큰 파문을 일으켰다.

좋든 싫든 모든 영화나 소설 등은 배드엔딩이 더 큰 임팩트를 준다.

그것은 〈사랑은 아프다〉도 마찬가지다.

평민 남자와 귀족 영애의 사랑 이야기는 수많은 고난을 내포하고 있다.

그러한 장벽을 넘어 마침내 사랑을 쟁취한 두 남녀의 이야기는 감수성이 풍부한 여인들에게 감동을 가져다주기에 충분했다.

그러나 마지막에 이르러 바뀐 환경에 적응하지 못한 두 남녀의 죽음은 강렬한 충격을 동반했다.

리즈의 개인적 생각이 강하게 반영된 소설은 귀족 사이에서 가장 호평을 얻음과 동시에 비평을 감수해야 했다.

이러한 내용에서 들려오는 신나는 노래는 큰 괴리감을 선사했다.

노래에 행복이 묻어나올수록 소설 속 마지막 내용의 씁쓸함이 부각되는 느낌.

눈을 감은 사람들의 입가에는 쓴 미소가 매달려 있었다. 나이가 든 귀족들은 젊었을 적 혈기 넘치던 시절과 현재 이해타산적인 자신의 모습에 쓴 미소를 지어졌다.

젊은이들의 경우는 조금 달랐다.

씁쓸함이 부각될수록 강한 거부감을 느꼈다.

이것은 젊은 사람들 특유의 도전의식이다.

그들은 현실의 벽에 좌절하기보다 더 나은 것에 도전하고자 한다.

바로 세대의 차이였다.

적막이 감도는 파티장 분위기 속에 리즈는 기타를 챙겨들었다. 원하는 요구를 들어준 이상 오래 머물 생각은 없었다. 특히 루시아와 마주할수록 불리한 것은 자신이었다.

'시간이나 때워야겠군.'

밖으로 나갈 생각이었지만 사람들이 밀집해 있어 리즈는 인적이 드문 테라스로 향했다.

파티가 끝날 때까지 태블릿 PC를 만지면서 시간을 보낼 요량이었다.

잠시 후, 적막이 걷히며 파티장 분위기는 흥겹게 달아오르기 시작했다.

"이제 어떻게 한다?"

연주하고 노래를 부를 때는 반응이 좋았지만 사람 일이라는 것은 모르는 법이다.

백작부인이 만족할 만큼 자신에게 흠집이 나면 안전할 테지만 그렇지 않으면 무슨 악독한 수를 쓸지 상상하기도 힘들다.

리즈는 눈을 감았다.

얼마 후면 세 번째 서클을 생성할 수 있다. 3단계 마법 수식도 모두 입력하여 이제 4단계 마법을 태블릿 PC 내에 저장하고 있는 상황이다.

3단계 마법의 경우 적절한 조합을 갖추면 능히 기사를 상대할 수 있다.

자신은 캐스팅 애플리케이션의 도움으로 캐스팅 시간이 극히 짧다.

여기에 4단계 마법까지 겸비되면 기사는 무난히 감당할 수 있지 않을까?

거기까지 생각이 미치자 리즈는 허탈함에 휩싸였다.

여태까지 너무 두려움에 빠져 있었던 것이다. 조금만 시선을 달리하면 자신의 능력으로도 충분히 위기를 빠져나올 수 있었다.

"…그냥 나가자."

이대로 죽을 날을 기다리는 사육 닭처럼 있을 수 없었다.

리즈는 결심을 굳혔다.

자신의 의지로 가문에서 벗어나기로.

설사 백작부인이 가로막더라도 철저히 준비한다면 실력으로 감당할 수 있을 거라 여겼다.

앞일을 결정할 무렵, 덜컹거리는 소리와 함께 문이 열렸다. 깜짝 놀란 그의 눈에는 안으로 들어서는 루시아의 모습이 들어오고 있었다.

둘의 시선이 허공에서 얽혀들었다.

"여기는 무슨 일로?"

"…내가 무리한 요구를 한 것 같아서."

그녀의 얼굴에 미안한 감정이 떠올라 있었다.

리즈는 내심 안도했다. 만약 자신의 약점을 잡으려고 했다면 그녀에 대한 감정은 크게 나빠졌을 것이다.

"무리한 건 아니었지만 당혹스럽긴 했습니다. 다음에는 주의해 줬으면 감사하겠습니다."

"응."

"그것 때문에 온 겁니까?"

무엇이 그녀를 이곳으로 이끌었는지 궁금했다. 그 물음에 루시아가 대답했다.

"내 실수였으니까."

순순히 잘못을 시인하는 모습에 리즈는 미소를 지었다.

"사과를 받아들이겠습니다. 그럼 나갈까요? 오늘의 주인공이 사라지면 당혹스러워 할 분들이 많으니."

말로 하는 권유였지만 이미 행동으로 옮기는 리즈의 모습에 루시아는 아쉬운 표정을 지었다가 본래 무표정으로 돌아왔다.

테라스를 나서 파티장으로 들어선 두 사람.

흥겨운 분위기 속에서 자신에게 집중되던 이목은 거짓말처럼 사라져 있었다.

리즈는 이대로 루시아를 보낸 뒤 자신의 방으로 돌아갈 생각이었다.

아직 어린 소녀였지만 그녀의 아름다운 미모는 주변의 시선을 집중시키기에 충분했다.

점점 모여드는 시선과 더불어 가까이 다가오는 이들마저 있을 정도였다.

'응?'

자연스럽게 루시아와 떨어지려던 리즈는 알 수 없는 불안함에 휩싸였다.

그 순간, 허공을 가르는 날카로운 파공음이 귓가를 파고들었다.

시퍼렇게 빛나는 칼날은 정확히 루시아를 향하고 있었다.

리즈의 연주와 노래를 목격한 칼스는 큰 충격을 받았다.

귀족으로서 악기를 연주하고 광대처럼 남 앞에서 노래를 부르는 것은 천한 행동이다. 여태까지 그것을 의심해본 적이 없다.

하지만 그걸 떠나 리즈의 모습은 신선하며 놀라웠다.

파티장 내에 모여든 귀족들이 그의 노래에 홀려버렸을 때, 칼스는 강렬한 불안감에 휩싸였다.

잘못하면 모든 것을 빼앗기는 게 자신일 것 같아서.

현실적으로 불가능하다는 것을 알고 있지만 재능조차 없어 외면받던 리즈가 박수갈채를 받는 모습은 낯설고, 기분 나쁜 두근거림을 동반했다.

특히 루시아가 엘카스 백작에게 부탁하여 곡을 신청할 때는 불길한 느낌이 상상으로 드러난 것 같았다.

두 번째 곡을 연주한 뒤 사라져서 안도했지만 루시아도 같이 사라지자 다시 불안함을 느껴야 했다.

그리고 한참 뒤, 두 사람이 함께 있는 것을 보고 저도 모르게 욕설을 내뱉었다.

"개 같은……."

저 자리에 있어야 하는 것은 리즈가 아닌 자신이어야 했다.

왜 그가 그곳에 있단 말인가.

살기등등한 표정을 한 칼스는 빠른 걸음으로 다가갔다. 그러나 그 기세도 오래 이어지지 못했다.

날카로운 살기가 파티장에 느껴지는 순간, 파랗게 빛나는 칼날은 루시아를 향하고 있었던 것이다.

"안 돼⋯⋯!"

어떻게든 막아보려고 했지만 거리가 너무 멀었다.

당장 복부로 박혀들 듯한 칼을 보면서 칼스가 소리쳤다.

하지만 이미 칼은 지척에 도달해 있었다.

제10장
가문을 위해 죽어라!

흥겨운 분위기 속에서 갑작스러운 암살 시도는 경악으로 몰아넣기 충분했다.

　칼날이 루시아에게 향하는 것을 본 사람들은 곧 이어 벌어질 참상에 눈을 질끈 감고 말았다.

　하지만 그들을 기다리고 있던 것은 피륙을 꿰뚫는 소리가 아닌, 둔탁한 파열음이었다.

　콰드득!

　사람들의 시선이 현장으로 향했다.

　루시아 곁에 서 있던 리즈가 악기로 괴한의 칼을 막아낸 모습이 눈에 들어왔다.

"꺄아아악!"

"잡아!"

날카로운 여인의 비명 소리가 울려 퍼짐과 동시에 곳곳에서 외침이 터져 나왔다.

암살 첫 시도가 물거품으로 끝났지만 암살자는 물러서지 않았다. 뒤로 물러나며 다른 칼을 뽑아들더니 재차 루시아에게 달려들었다.

"……."

그 모습을 지켜보던 리즈의 머릿속에 한순간 수십 개의 생각이 교차했다.

'도대체 누가?'

백작부인이 보냈나 싶었지만, 자신이 아닌 루시아를 노리는 건 말도 안 되는 일이었다.

얼핏 봐도 암살자의 실력은 상당했다. 실패를 직감함과 동시에 전열을 가다듬고 달려드는 모습은 상황에 따른 최선의 판단이라 할 수 있었다.

암살에 성공하더라도 목숨을 보전하기 힘들어 보였지만 그보다 더 급한 것은 루시아를 구하는 일이다.

태블릿 PC에 캐스팅 애플리케이션을 깔아놓는 등, 힘을 길렀지만 손에 없는 지금 자신이 할 수 있는 것은 루시아를 힘껏 끌어안고 칼을 피하는 것뿐이었다.

"큭!"

화끈한 느낌이 들면서 쓰라린 통증이 팔 전체에 번져 나가기 시작했다.

"칫!"

두 번 연속 공격에 실패하자 암살을 시도했던 중년인은 혀를 찼다. 재차 공격을 감행하려고 했지만 빠르게 달려온 기사들이 앞을 가로막고 있었다.

주변을 둘러보니 이미 탄탄한 포위망이 갖춰진 상황이다. 가망이 없다고 생각한 암살자는 어금니를 꽉 깨물더니, 이내 힘없이 허물어졌다.

"독을 먹었다. 어서 해독해!"

놀란 기사들이 암살자를 치료하려 했지만 이미 숨이 끊어진 후였다.

그 사이 다가온 칼스가 루시아를 향해 외쳤다.

"공녀님, 괜찮으십니까?"

"……."

그녀의 얼굴에는 아무 표정도 떠올라 있지 않았다. 하지만 평소와 달리 짙은 냉기가 자리했다.

칼스는 호들갑을 떨면서 그녀의 안전을 걱정했다. 그 모습을 지켜보던 루시아가 입을 열었다.

"지금 내 몸을 걱정할 때야?"

차갑게 그의 손을 뿌리친 그녀는 쓰러져 있는 리즈에게 다가갔다.

정면으로 면박을 받은 칼스의 표정이 형편없이 일그러졌지만 루시아는 개의치 않았다.

암살자의 공격을 피하면서 리즈는 칼에 상처를 입고 말았다. 제법 깊게 베인 상처에서 붉은 피가 흘러나와 카펫을 적시고 있었다.

심각한 상처였지만 황급히 다가온 사제에 의해 상처가 빠르게 아물기 시작했다.

그 덕에 무사할 수 있었지만 그녀의 시선은 리즈에게 고정되어 떨어질 줄 몰랐다.

파티는 큰 소란을 일으키며 끝을 맺었다.

엘카스 백작은 불같이 노했다.

시종일관 예를 갖추던 그는 화가 가라앉지 않은 표정으로 플레이드 백작에게 배후를 밝혀내라고 언성을 높인 뒤 물러났다.

두 가문의 친목을 다지는 자리에서 암살 소동이 벌어지자 플레이드 백작 또한 암살자의 행적을 낱낱이 파헤치기 시작했다.

그 가운데 방으로 옮겨진 리즈는 신관의 각별한 보살핌을 받았다.

좋으나 싫으나 루시아의 목숨을 구해냈다. 플레이드 백작의 입장에서 리즈를 반드시 살려둬야 했다.

소란은 지나갔지만 한 번 불이 붙은 엘카스 백작의 분노는 쉬이 가라앉지 않았다.

"반드시 범인을 잡아야 할 것입니다."

"최대한 노력해 보겠습니다."

"노력하는 수준으로 부족합니다! 반드시 범인을 찾아주십시오. 그렇지 않으면 이번에 있었던 논의는 물론이고 공녀를 위험에 노출시킨 플레이드 백작가의 책임을 물을 것입니다."

"알겠습니다."

사나운 눈빛에 플레이드 백작은 고개를 끄덕였다.

배후가 짐작가지 않는 건 아니었다. 하지만 그들이 개입했다는 증거가 있어야 했고, 엘카스 백작의 분노를 봐서라도 반드시 범인을 색출해야 했다.

"가문의 모든 역량을 동원해보겠습니다."

그렇게까지 말하니 엘카스 백작도 더 우기지 못했다.

"좋습니다. 백작님이 그렇게 말씀하시니 믿어보겠습니다."

"감사합니다."

"감사의 인사를 들을 생각은 없습니다. 저를 비롯한 본가가 바라는 것은 최대한 빨리 찢어죽일 범인을 찾아내는 것입니다."

이렇게 으름장을 놓은 이상 플레이드 백작은 적극적으로 나설 수밖에 없었다.

"그리고 리즈란 청년 말인데……."

엘카스 백작은 루시아를 구하기 위해 몸을 날렸던 리즈를 떠올렸다. 그의 행동은 칭찬을 받아 마땅했다.

하지만 엘카스 백작의 입에서 흘러나온 것은 전혀 의외의 말이었다.

"염려하는 일은 없을 것입니다."

"무슨 뜻입니까?"

"염려하시는 그것입니다. 그런 일은 발생하지 않을 거라 장담할 수 있습니다. 그래야만 하지요."

무엇을 말하려는 것인지 묻고 싶었지만 기이한 플레이드 백작의 기세에 입을 다물고 말았다.

암살 미수 소식이 퍼져 나가는 것은 순식간이었다.

"모든 게 계획대로인가?"

"그렇습니다."

대답하는 데로시 남작을 보며 그론델 후작은 고개를 갸웃했다.

루시아의 암살 시도는 그론델 후작가에서 준비한 것이다. 처음 데로시 남작의 말을 듣고 화들짝 놀랄 수밖에 없었다.

그녀는 카리온 공작가의 약점과도 같았다. 자칫 잘못할 경우 카리온 공작의 분노를 직면할 수도 있었다. 그론델 후작은 그 부분을 염려했지만 데로시 남작은 미소를 지으며 괜찮다고 말할 뿐이었다.

"처음부터 실패할 가능성이 높은 암살 시도였다."

"그럴 거라 생각했습니다."

"실패할 걸 예상했다?"

"예, 각하."

"자세히 설명하도록. 이제는 의도한 바를 알고 싶다."

처음 제안을 들었을 때 그론델 후작은 반대 의중을 보였으나 이어지는 권유에 이유를 묻지 않고 실행을 명했다.

하지만 이는 위험한 시도였다. 성공 가능성도 낮고, 후환이 두려운 암살 시도로 무엇을 노리려고 한 것인지 알 수 없었다.

미소 지은 데로시 남작이 설명을 시작했다.

"암살 시도는 플레이드 백작가와 카리온 공작가의 사이를 갈라놓기 위함입니다."

"두 가문을 어떻게 갈라놓는다는 이야기지?"

그론델 후작이 의아한 음성으로 물었다. 루시아 암살 시도가 어째서 두 가문의 화합을 막을 수 있는지 이해가 되지 않았다.

"각하께서 아시다시피 암살자를 고용한 흔적을 지우는 것은 손쉽습니다. 흔적을 완전히 제거하면 발각될 염려는 없습니다."

"그래서?"

"하지만 이번에는 일부러 흔적을 남겨놓았습니다."

"뭐?"

저도 모르게 경악성을 터뜨리는 그론델 후작.

흔적이 드러나 자신이 개입한 게 알려지면 카리온 공작은 물불 가리지 않고 군대를 동원하여 치고 내려올 것이다.

자연히 그의 눈이 매섭게 바뀌었다.

"똑바로 말해야 할 것이다."

"제가 언급한 흔적은 조작된 흔적입니다. 카리온 공작가의 성화를 이기지 못해서라도 플레이드 백작은 조사에 착수할 것이고, 그의 수하들은 흥미로운 흔적을 발견하게 될 테지요. 그 흔적은 바로 아들에게 이어질 것입니다."

"암살 시도는 플레이드 백작가에서 꾸민 짓이다?"

그론델 후작의 눈이 반짝였다. 한 치 앞도 분간하기 어렵던 안개가 서서히 걷히면서 눈앞의 상황이 보이기 시작했다.

"그렇습니다. 그들이 흔적을 찾음과 동시에 소문을 퍼뜨려야 합니다. 루시아 공녀의 죽음으로 카리온 공작을 분노케 하여 영지전을 종료시키려는 플레이드 백작가의 음모라고 말입니다."

"그럴 듯하군."

"어설프게 조작된 흔적은 아직 어린 그의 아들이 남긴 미숙함으로 처리될 것입니다. 분노한 카리온 공작은 앞뒤 가리지 않을 확률이 높습니다."

그쯤 되면 플레이드 백작이 아무리 해명을 하더라도 변명으로밖에 들리지 않는다.

딸 문제 앞에서는 물불 가리지 않는 카리온 공작의 성격을 이용한 계책이었다.

"완벽하군! 플레이드 백작이 궁지에 몰리겠어."

"그는 선택을 해야 할 것입니다. 카리온 공작가와 관계를 끊든지, 아니면 후계자인 아들을 희생시켜서라도 카리온 공작의 신임을 얻든지."

어느 것 하나 그론델 후작의 입장에서 손해가 아니었다.

전력의 열세라고 하나 플레이드 백작이 아들을 희생시킬 확률은 낮았다. 결국 카리온 공작가와 관계가 파탄 남으로써 유리한 상황을 조성할 수 있다는 뜻이었다.

지난 몇 년 동안 답답하게 끌려 다녀야 했던 그론델 후작은 속이 뻥 뚫리는 기분이었다.

"좋군, 좋아. 상황 해결을 위해 고심할 플레이드 백작을 떠올리니 기분이 좋군. 수고했다, 데로시 남작."

"각하의 앞에 찬란한 승리만 기다리고 있을 것입니다."

고개를 조아리는 그를 보며 그론델 후작은 유쾌한 웃음을 터뜨렸다.

엘카스 백작은 공작령으로 돌아갔다.

이는 플레이드 백작의 입장에서 큰 압박으로 다가왔다. 그의 행동이 의미하는 바는 원하는 답을 가져오기 전까지 어떠한 협력도 불허하겠다는 뜻이었던 것이다.

힘을 얻기 위해서는 배후를 캐내야 한다는 전제조건이 있었다. 이것을 생각하니 플레이드 백작은 머리가 지끈거리는 걸 느꼈다.

암살자 길드는 그 어떠한 흔적도 남기지 않는 것으로 유명하다. 의뢰인의 실수라면 모르겠지만 암살자 길드의 실수로 흔적이 드러나는 경우는 거의 없다.

"술수를 부리는군, 그론델 후작."

플레이드 백작은 이번 암살 시도가 그론델 후작으로부터 비롯되었다고 판단했다.

자신과 원한 관계가 있으며, 이번 암살 시도로 카리온 공작가와 사이가 틀어지면 누가 가장 이득일지 생각하니 간단하게 결론이 도출되었다.

알면서도 당할 수밖에 없었다.

혼란스러운 틈을 타 주요 인물을 암살하려 했다면 이해가 되지만 설마하니 루시아를 노릴 줄이야.

카리온 공작의 분노를 정면으로 맞이하기에는 그론델 후작가의 상황이 좋지 못했다.

하지만 위험도가 높은 만큼 얻는 것도 많았다.

암살 미수가 되었지만 플레이드 공작의 입장에서 암살자 배후를 밝혀내지 못하면 카리온 공작가와의 합작은 물 건너

갈 확률이 높았다.

이후 상황 대처에 골몰하고 있을 때, 소란스러운 소리와 함께 기사 한 명이 안으로 들어오며 소리쳤다.

"흔적을 발견했습니다, 각하!"

"당장 가져오라!"

"그런데 그것이……."

"왜 그러지?"

의아함을 드러내는 플레이드 백작을 향해 기사가 다가가 귀에 속삭였다.

"……."

말을 듣고 있는 그의 표정이 딱딱하게 굳어가기 시작했다.

"죄송합니다."

뒤로 물러난 기사가 고개를 깊이 숙였다. 뭐라 할 말이 없는 상황이었다.

머리가 지끈거리는 걸 느낀 플레이드 백작은 눈을 꽉 감았다가 떴다. 지금 눈에 들어오는 광경은 꿈이 아닌 현실이었다. 이를 꽉 깨문 그가 말했다.

"사실인가?"

"사실입니다."

"그렇군, 그런 거였나."

복잡하게 얽혀가던 상황이 말끔하게 정리되는 순간이었다.

시선을 앞으로 옮기니 명령 떨어지길 기다리는 기사의 모습이 눈에 들어왔다.

결정을 내려야 했다.

그는 머릿속으로 정리한 바를 털어놓기 시작했다.

"이제부터 내가 하는 말을 잘 듣도록."

말이 이어질 때마다 기사의 얼굴에 서린 놀라움이 커져갔다. 이내, 그는 결연한 표정으로 고개를 끄덕였다.

엘카스 백작은 루시아를 조용히 바라보았다.

큰일을 당했음에도 불구하고 그녀의 표정에는 변화가 없었다. 모르는 사람이 보면 아무 일이 벌어지지 않았다고 해도 믿을 정도였다.

그래서 더욱 안쓰러웠다. 조카가 평범한 성격을 가지고 있었다면 좀 더 자신의 감정에 솔직할 수 있었을 텐데. 그러지 못하는 모습이 더욱 안타까웠다.

"많이 놀랐지?"

"…네."

"걱정하지 않아도 된다. 플레이드 백작에게 단단히 일러두었으니 곧 범인을 알 수 있을게다."

그렇게 말했지만 엘카스 백작은 배후를 알아내는 것이 어려우리라 여겼다.

암살자 길드의 은밀함은 이미 귀족 사이에서 널리 알려진 바다.

그럼에도 불구하고 플레이드 백작에게 엄포를 놓은 것은 두 가문의 협력 체제에서 좀 더 유리한 자리를 차지하기 위함이다.

'나머지는 형님이 알아서 할 터.'

모든 것을 판단하는 건 카리온 공작의 몫이다.

암살자 배후를 찾아내지 못한 플레이드 백작에게 책임을 물어 협력 관계를 끊어낼 수도 있고, 아니면 좀 더 많은 이익을 취할 수도 있다.

엘카스 백작은 정치적 상황을 활용하여 강하게 밀어붙였을 뿐.

순수하게 조카의 안위를 걱정할 수 없는 자신의 모습에 쓴 미소가 저절로 지어졌다.

"가문으로 돌아가도록 하자. 한동안 휴식을 취하면 놀란 마음도 많이 가라앉을 것이다."

"네."

루시아는 느릿하게 고개를 끄덕이며 대답했다.

사실 암살 시도가 그리 놀랍지는 않았다.

누구에게도 말하지 않았지만 그녀는 남들보다 월등한 신체 능력과 기감을 지니고 있었다.

암살자가 접근하는 순간 이미 기척을 감지했다. 하지만 리즈와 함께 있는 것이 멈칫하게 했고, 부족한 수련은 최악의 상황으로 치닫게 할 뻔했다.

만약 리즈가 없었다면 그녀는 망설이지 않고 손을 썼을 것이다.

하지만 찰나의 망설임은 리즈의 부상을 만들어냈다.

붉은 피가 카펫을 물들이는 장면은 지금도 생생하게 재현되었다.

'내 탓이야.'

상처 입고 쓰러진 리즈를 보면서 루시아는 눈을 감았다.

누구보다 강한 힘을 손에 넣을 수 있음에도 불구하고 그것을 망설이고 있었다.

공작가의 공녀로 태어난 자신의 운명은 값비싼 치장을 하여 가장 비싸게 팔릴 때를 기다리는 것이 최고라 생각했다.

그 생각은 리안의 소설 〈사랑은 아프다〉를 읽으면서 상당 부분 변화를 일으켰다.

사랑을 쟁취했음에도 비극적인 결말을 맞이하는 그들은 귀족 영애들에게 현실에 순응하라는 메시지를 주지만 루시아에게는 다른 방안도 제시했다.

만약 그들에게 힘이 있었다면?

그 고민을 하던 순간 리즈와 만났고, 그는 힘의 매력에 대해 설명했다.

나중에 그가 리안이라는 걸 알았을 때 놀라움은 이루 헤아릴 수 없었을 정도였다.

그러면서 나름대로 확신을 얻을 수 있었다.

힘이 있는 자에게는 자신의 운명을 선택할 권리가 주어진 다는 것을.

그러기 위해서는 힘이 필요했다.

'난… 힘을 얻을 수 있어.'

그녀의 두 눈이 결연하게 빛났다.

루시아 암살 미수 사건이 벌어진지 한 달여가 흘렀음에도 불구하고 플레이드 백작가는 연신 벌집을 들쑤셔놓은 것처럼 어수선했다.

매일같이 기사와 병사가 저택을 드나들었고, 수많은 사람 이 압송되어 왔다.

리즈에게 그들의 일은 먼 나라 이야기였다. 루시아를 구하 다가 다친 그는 전에 없던 극진한 대우를 받고 있었다.

"이것도 나쁘지 않군."

부상은 오래 전에 다 나았지만 무리하지 말라는 조언에 환 자인 척하면서 시간을 보내고 있는 리즈였다.

외부와 단절된 공간은 그에게 큰 기회를 제공했다.

다른 사람들의 시선을 피해 자신의 작업을 할 수 있는 것이 컸다.

시간이 되면 광조를 시켜 태블릿 PC를 찻집으로 옮겨놓게 했고, 자신은 라파드를 통해 구한 마법 수식을 풀어냈다.

이러한 하루하루는 가문을 벗어나겠다는 계획을 한 단계 앞으로 끌어당기게 했다.

꾸악꾸악!

한창 마법 수식을 풀고 있던 그는 익숙한 새 울음소리에 고개를 돌렸다.

통통한 몸과 달리 작은 날개로 열심히 날고 있는 광조가 눈에 들어왔다.

"잘 돌아왔다."

"저녁! 저녁!"

"그래, 여기 있다."

부하에 불과한 미친 새에게 매 끼니를 대접해야 하는 자신의 처지가 한심스러웠지만 역할이 있는 만큼 묵묵히 준비해놓은 식사를 제공했다.

맛있는 냄새가 풍기자 광조가 즐거움이 담긴 울음소리를 흘리며 뒤뚱뒤뚱 다가가 접시에 부리를 처박고 먹기 시작했다.

그 모습을 보고 혀를 차던 리즈는 태블릿 PC를 받아 풀어놓은 마법 수식을 입력시키기 시작했다.

"맛있다! 맛있다!"

"그래, 맛있게 처먹어라."

음식을 먹고 있는 광조를 보면 사라졌던 식욕이 들만큼 맛있게 먹고는 했다.

식충이에 불과했지만 모든 일이 순조롭게 풀리고 있으니 리즈는 긍정적인 생각을 하기로 했다. 별거 아니지만 광조의 도움으로 직접 찻집까지 가는 번거로움을 덜어낼 수 있었으니 말이다.

뒤에 이어지는 어처구니없는 소리만 아니었다면 더 좋았겠지만.

"주인 계속 아파라! 특식 맛있다!"

"이 미친 새가."

리즈가 험악한 기세를 풍겼지만 맛있는 음식을 먹은 광조는 눈치를 밥 말아먹은 지 오래다.

"꾸악꾸악! 더 아파라! 더 아파라! 내가 도와준다!"

"이게 감히… 홀드!"

태블릿 PC에 빛이 일어나더니 리즈의 음성에 반응하여 마법이 곧장 시전되었다.

잔뜩 고양되어 울부짖던 광조는 자신의 몸을 옭아매는 기운에 멈칫하더니 몸을 거세게 흔들었다.

마법이 깨져 나가는 것을 느낀 리즈는 다시 한 번 마법을 시전했다.

"웹!"

끈끈한 마나의 그물이 광조를 옭아맸다. 거세게 몸부림치는 그를 향해 여러 차례 속박 마법을 시전했다. 미친 새 주제에 항마력이 엄청 뛰어났다.

리즈는 광조를 향해 한 걸음 내딛었다. 그의 입가에 만족스러운 미소가 걸려 있었다. 캐스팅 애플리케이션에 내장시킨 음성 인식 프로그램이 훌륭히 작용했다.

웃고 있지만 흉악한 기운을 발산하고 있는 리즈를 보며 광조는 뒤늦게 상황이 좋지 않게 흘러가고 있다는 걸 깨달았다. 그리고 그를 보며 최대한 불쌍한 표정을 지으며 구슬피 울었다.

꾸악꾸악!

"이미 늦었어."

일갈을 내지른 리즈가 광조를 향해 달려들었다.

잠시 후, 방 안에는 새의 구슬픈 울음소리가 가득 채워지기 시작했다.

조사가 이루어질수록 증거가 속속 드러났다.

이렇게 깔끔히 정보가 나타나기도 쉽지 않았다.

플레이드 백작은 상대가 이것을 유도했다는 걸 깨달고는 이를 갈았지만 명확하게 드러난 증거는 그로 하여금 어디에도 물러날 수 없는 벼랑 끝으로 밀려나게 만들었다.

적의 음모라는 것을 알면서도 그는 아들 칼스를 불러냈다. 흉흉한 플레이드 백작의 기세에 조심스러운 표정을 지어보였다.

하나하나 증거가 드러날 때마다 칼스의 안색이 새하얗게

질리고 있었다. 그리고 상황이 잘못 돌아가고 있음을 깨달았다.

자신이 루시아 암살을 시도하다니?

그녀는 취하고 싶은 여인이지 죽여 없앨 여인이 아니었다.

하지만 그럴 틈도 없이 플레이드 백작의 독촉이 귓가를 파고들었다.

"사실대로 말해라!"

"제가 아닙니다."

"정말 아니냐?"

"루시아 공녀는 제가 취하고 싶은 여인입니다. 제가 무슨 이유로 그녀를 암살하겠습니까?"

맞는 말이었다. 플레이드 백작은 절규하듯 외치는 칼스를 보면서 자신의 생각에 확신을 얻을 수 있었다. 그러나 드러난 정황은 그로 하여금 선택을 강요했다.

"네 말이 맞다. 나도 네가 아니란 걸 알고 있다."

"그럼?"

"하지만 명백한 증거는 이대로 묻어둘 수 없다. 내가 아니라 한들 저들 입장에서는 제 자식을 감싸는 것으로밖에 보이지 않을 테지."

"설마 제가 희생양이 되라는 말입니까?"

경악한 칼스를 보며 플레이드 백작이 고개를 저었다.

"아니다. 다만 상황이 최악이라고 할 뿐이지."

"어떻게 해야 합니까?"

"희생이 불가피하다면 피해를 최소화할 수밖에 없다."

플레이드 백작은 칼스를 빤히 바라보았다.

아직 어린 나이였지만 체구는 성인 못지않게 컸고, 검술의 성취 또한 눈부실 정도다. 자신의 말을 듣고 다음 단계를 짚어내는 것으로 보아 상황을 꿰뚫어 보는 직관력과 통찰력도 나쁘지 않다.

후계자로 삼아도 부족함이 없었다.

"지금부터 내 말을 잘 들어라."

그는 자신이 생각한 바를 털어놓기 시작했다. 말이 이어짐에 따라 칼스의 표정이 환하게 밝아졌다.

"일단 주의해"

"무슨 뜻이야?"

심각한 표정으로 말을 꺼내는 라파드를 보며 리즈가 의아함을 드러냈다.

"백작가의 움직임이 이상해."

"암살 배후를 찾는 거 아닌가?"

"그건 맞아. 하지만 움직임이 미묘하단 말이지."

라파드의 상단은 백작령에 뿌리를 내리고 있기에 정보력이 상당했다. 그는 최근 암살 배후를 조사하는 백작가 일원의 움직임에 이상함을 느끼고 있었다.

"누구인지 감을 잡고 포위망을 좁혀가는 거겠지."

"그렇게 생각하면 좋겠다만, 일단 주의하는 게 좋을 거다. 내가 해줄 말은 이 정도일 뿐."

"그러지."

이렇게까지 말한 적이 없었기에 리즈는 고개를 끄덕였다. 자신의 처지는 만사 조심해서 나쁠 것이 없었다.

"그나저나 가문에서 나오겠다고?"

"저번에 했던 말도 있고, 이대로 기다리는 것보다 내가 상황을 주도하고 싶어서."

"음, 그것도 그렇군. 하지만 당분간은 조용히 있는 것이 좋을 거야. 저번에도 말했다시피 영지전이 이어지는 동안은 오히려 가문에 있는 게 더 안전할 테니."

"준비를 하는 건 나쁘지 않잖아?"

"그건 그렇군."

막말로 가문에 나온다고 하더라도 바로 나올 수 있는 것은 아니다.

먼저 대체할 수 있는 신분이 필요했고, 향후 진로도 결정해야 했다. 라파드는 리즈에게 자신과 함께 상단을 이끌자고 하고 싶었지만 언급하지 못했다.

사업 제휴를 맺고 개인적인 친분을 쌓았지만 이 정도 거리가 적절하다는 것을 느끼고 있었다. 이 이상 밀접하게 얽히면 서로 감정만 상할 확률이 높았다.

"그럼 새로운 신분을 알아보도록 하지. 나머지는 차차 정하도록 하자고. 급하게 정해서 좋을 건 없으니."

"내 입장을 몰라서 하는 소리야. 하루하루가 얼마나 긴장의 연속인데."

"늘 그래왔으니 앞으로도 고생하라고."

"아아."

농담 섞인 말로 분위기를 가볍게 한 리즈는 이후에 사업에 관련된 말을 나누다가 건물을 나섰다.

저택 안으로 들어서던 그는 분위기가 달라진 것을 느낄 수 있었다.

싸늘한 살기가 엄습하는 순간, 양팔을 붙드는 억센 손길이 느껴졌다.

고개를 돌린 그의 눈에 들어온 것은 표정을 굳힌 기사들이었다.

"이게 무슨?"

"따라 가주셔야겠습니다."

말만 권유일 뿐, 실은 강제 압송과도 같았다. 그들은 리즈가 벗어나지 못하도록 단단히 붙들었다. 저항은 의미가 없다고 판단한 리즈는 순순히 그들에게 이끌려갔다.

"일단 주의해."

머릿속으로 라파드의 조심하라는 목소리가 울려 퍼졌다. 불길한 느낌이 전신을 지배하고 있었다.

그들이 리즈를 데리고 간 곳은 플레이드 백작의 집무실이었다.

"왔나."

"이게 무슨 짓입니까?"

"모두 나가보도록."

플레이드 백작이 손짓하자 기사들이 예를 취한 뒤 밖으로 나갔다.

집무실에 남은 것은 두 사람뿐이었다. 플레이드 백작은 아무 말도 하지 않고 있었고, 리즈는 복잡해진 머릿속을 정리하느라 바빴다.

그는 결코 머리가 나쁘지 않았다. 짧은 순간이지만 일련의 과정들은 그로 하여금 최악의 상황을 가정하게 만들었다.

자리에서 일어난 플레이드 백작이 리즈에게 다가왔다. 바로 앞에 도달하자 손을 뻗어 어깨를 붙잡았다.

위로의 의미가 담긴 토닥임이 아니라 움직임을 속박하는 압박감이 전해졌다.

"넌 플레이드 백작가의 일원이다."

"……"

"가문의 일원으로서 네 역할이 없다면 거짓일 것이다. 유능한 인재와 힘을 합쳐 가문을 이끌지만 그것을 주도하는 것은 혈족이다."

그답지 않은 장황한 말이었다.

이 세계에서 태어난 후 가장 말을 많이 하는 모습이었다.

"너 또한 가문을 위해 할 일이 있다."

"......"

두 사람의 시선이 허공에 부딪쳤다.

플레이드 백작은 권유하기보다 강요를 하고 있었다.

형태는 비슷했지만 상대가 느끼는 것은 전혀 달랐다.

이런 말을 하더라도 플레이드 백작가 출신이라는 것에 단한 번도 자부심을 느껴본 적이 없다.

언제나 그러하듯 목숨의 위협을 느끼며 납작하게 숙인 채근근이 버텨야 했다.

하지만 플레이드 백작은 이런 말을 하면 리즈가 큰 감명을 받으리라 생각한 듯했다.

어깨를 붙잡은 힘이 강해졌다. 그와 함께 그의 입에서 흘러나오는 음성 또한 강렬해졌다.

"가문을 위해 죽어라."

그것이 그가 말한 가문의 일원으로서 리즈가 해야 할 일이었다.

제11장

개방

Complete
Mage

그 말이 플레이드 백작이 한 끝이었다.

기사들이 리즈를 붙들고 감옥으로 연행했다. 백작의 아들
이 지내기에는 턱없이 부족할 만큼 초라한 곳이었다.

리즈를 구속했지만 플레이드 백작은 외부로 사실을 공표
하지 않았다.

그를 범인으로 만들기 위해서는 해야 할 일들이 너무나 많
았다.

칼스 앞에 놓인 증거물을 모조리 리즈의 것으로 꾸며야 했
고, 그럴 듯한 변명거리를 만들어 카리온 공작가에 전달해야
했다.

그뿐만이 아니었다. 플레이드 백작은 이번 사건을 통해 또 다른 계책을 꾸미고 있었다.

"……"

문득 마지막까지 아무 말도 하지 않던 리즈의 모습이 떠올랐다.

제법 긴 시간 동안 시선을 마주쳤지만 단 한순간도 리즈에게서 분노를 느낄 수 없었다.

마치 언젠가 올 것 같았다는 눈빛.

그것을 떠올리자 플레이드 백작은 마음이 불편해졌다. 리즈의 모습은 자신의 치부를 마주한 느낌이 전해졌던 것이다.

"이런 고민할 시간도 없겠지. 해야 할 일이 많으니."

상념을 털어버린 그는 앞으로의 일을 진행시켜나가기 시작했다.

"결국 이런 거구나."

감옥에 홀로 남은 리즈는 눈을 감으면서 중얼거렸다.

갑작스러웠지만 전혀 뜻밖의 상황은 아니었다.

라파드의 경고도 있었고, 자신을 붙드는 순간 희생양이 되었다는 걸 깨달았다.

전생에서도 그러하지 않았던가. 잘못은 다른 자가 했지만 정작 내쳐지는 사람은 따로 있었다.

"운명이라도 받아들이지 않겠다. 더 이상 휘둘리지 않겠어."

리즈는 이를 꽉 깨물었다.

수감된 지 이틀째 되는 날, 리즈는 반갑지 않은 얼굴을 대면해야 했다.

"꼴이 좋군."

"비웃으러 온 건가?"

"이럴 때가 아니면 얼굴도 보기 힘들 테니까."

감옥에 방문한 것은 칼스였다. 입꼬리를 말아 올린 그는 리즈의 모습을 보며 즐거워했다.

"언젠가 내 손으로 끝내고 싶었는데 그렇게 되지 못해 정말 아쉬워."

"그렇게 되어주지 못해 미안하군."

"어차피 상관없어. 내가 직접 손을 쓰지 못하는 것은 아쉽지만 그보다 더 잔인한 형벌이 이루어질 테니까."

그것만으로도 칼스는 만족했다.

이번 사건은 어떻게 보면 그에게 호재로 작용했다.

내내 골칫거리였던 리즈가 사라짐으로써 후계 자리를 확정지을 뿐만 아니라 몸부림치며 잔인하게 죽는 것을 구경할 수 있게 되었다.

"잔인한 형벌."

"아버님께서는 말하지 말라 하셨지만 어차피 달라지는 건 없겠지. 넌 정치적 희생양으로 콜로세움에 갈 것이다. 그리고 그곳에서 사람들의 야유와 조롱을 받으며 갈가리 찢겨 죽을 거다. 어디 한 번 힘껏 몸부림쳐 보라고."

끝까지 비웃음을 거두지 않은 그는 몸을 돌려 감옥을 벗어 났다.

"콜로세움……."

작게 중얼거린 그는 눈을 감았다.

* * *

카리온 공작가는 루시아의 암살 미수에 대해 아무 입장도 내놓지 않았다.

물론 가문 내에서 카리온 공작이 불같이 분노했다는 소식은 전해졌지만 가문의 이익과 결부된 상황이기에 신중한 모습을 보인 것이다.

그 이면에는 플레이드 백작이 어떻게 나오나 지켜보겠단 의미가 숨어 있었다.

하지만 반년 동안 아무런 소식도 전해지지 않자 두 가문의 결속력은 자연히 느슨해졌다.

그러던 중 방문하는 사신의 존재는 여러 생각을 하게 했다. 카리온 공작가에 도착한 사신을 맞이한 것은 엘카스 백작이 었다.

"무슨 일인가?"

"범인을 잡았습니다."

"사실인가?"

엘카스 백작의 얼굴에 놀라움이 번졌다. 이미 끝난 일이라고 생각했기에 범인을 잡은 소식은 뜻밖의 것일 수밖에 없었다.

"예, 백작님께서 집요하게 추적한 끝에 증거물을 확보하고 범인을 구속할 수 있었습니다."

"그렇군. 다행이야."

짧은 순간 분노를 드러낸 엘카스 백작은 입가에 미소를 지었다.

범인은 카리온 공작가 입장에서 단죄를 해야 했다. 그는 사신을 보며 물었다.

"백작님이 우리에게 범인을 양도할 생각인가?"

"아닙니다, 범인은 가문 내에서 처리할 예정입니다."

"무슨 뜻이지? 본가의 공녀를 암살하고자 했던 자를 왜 백작가에서 처리한단 거지?"

분노를 드러내는 모습에도 불구하고 사신은 차분히 말했다.

"백작님께서는 범인이 세상에서 가장 잔인하게 죽여야 한다고 말씀하셨습니다. 하여, 가문 내에 있는 콜로세움의 검투사로 데스 매치 시합을 시키려고 합니다."

"콜로세움에?"

엘카스 백작의 얼굴에 놀라움이 서렸다. 그만큼 콜로세움이 주는 의미는 상상 이상으로 컸다.

본래 국왕 직할령 소속이었던 플레이드 백작령에는 왕국 건국 기념으로 만들어진 콜로세움이 존재한다.

왕국 내 세 개밖에 존재하지 않는 콜로세움은 각종 행사는 물론, 노예들의 검투로 수많은 사람들의 각광을 받는 스포츠가 치러진다.

그중 콜로세움에 보내지는 인간의 운명은 실로 가혹하다.

그들은 연일 사나운 맹수와 몬스터를 상대로 즐거움을 전해야 했다.

힘이 약하거나 부상을 입은 자는 맹수의 한 끼 식사거리로 전락했고, 귀족들 사이에서 이 검투사로 보내지는 것을 가장 잔인한 형벌이라 인식했다.

범인을 검투사로 보내겠다는 것은 그 또한 그만큼 크게 분노하고 있다는 걸 뜻했다.

"그런 결정을 내릴 줄 몰랐군."

"백작님께서는 엘카스 백작님이 오셔서 직접 검투 경기를 관람하길 바라십니다."

"직접 관람이라……."

엘카스 백작은 턱을 매만지며 생각에 잠겼다. 카리온 공작가의 공녀를 암살하려 한 만큼 범인의 말로를 지켜보는 것이 가문의 위상을 알리는데 좋았다.

'그리고 두 가문의 결속력을 과시하려는 것일 수도.'

플레이드 백작의 의도가 보였지만 나쁜 제안은 아니었다.

"공작 전하께 고하고 허락을 받을 것이다. 사흘 안에 답을 줄 테니 기다리도록."

"알겠습니다."

카리온 공작의 허락을 얻어내는 건 쉬웠다.

도리어 그는 직접 방문하여 사랑스러운 딸을 죽이려 했던 자가 고통스러워하는 모습을 보겠다고 하여 뜯어 말리느라 고생해야 했다.

그렇게 한바탕 푸닥거리를 한 뒤, 순조로이 플레이드 백작령으로 떠날 준비를 하던 엘카스 백작은 또 다른 어려움에 직면했다.

"저도 가겠어요."

"네가?"

"누가 절 죽이려고 했는지 보고 싶어요."

불과 반년밖에 지나지 않았지만 루시아는 전과 확연히 달라져 있었다. 하루가 다르게 성장하여 이제 여인의 모습이 드러나는 것은 부가적이다.

마스터인 엘카스 백작조차 쉬이 볼 수 없는 기백이 전해졌다.

"으음!"

엘카스 백작은 고민했다. 그는 눈앞의 아름다운 조카에게 사람의 가장 추악하고 잔인한 면을 보여주고 싶지 않았다. 하지만 그녀 또한 검을 익힌 한 사람의 검사. 그것을 접하고 충격에서 회복했을 때, 더 큰 성장의 발판이 될 것임이 분명했다.

"좋다, 허락하지."

"감사합니다."

고개를 살짝 숙여 감사의 인사를 표한 곧바로 방을 나섰다.

*　　　*　　　*

리즈가 범인으로 지목되어 감옥에 갇힌 지 반년의 시간이 흘렀다.

처음 한 달여 동안 시설 좋은 독방에서 지냈지만 지하 감옥으로 이송된 뒤 상황은 확연히 달라졌다.

먼저 달라진 것은 주변의 시선이었다.

영주의 아들, 그것이 차지하는 비중은 컸다. 망나니라는 오명을 쓰고 있었지만 공작가의 공녀를 암살하려고 한 죄는 컸다.

죄수들에게 멸시를 받는 것은 물론 온갖 욕설을 먹어야 했다.

위생 상태 또한 최악이었다. 온갖 악취가 콧속으로 스며드는 것은 물론, 곳곳에 쥐와 벌레가 들끓었다.

음식의 질도 좋지 못해 먹어도 배고픔을 면하기 힘들 정도였다.

그러한 대우를 받으면서 리즈는 하루하루를 버텨냈다. 감옥에 갇힌 하루 내내 마나를 운용하면서 마나연공법을 시전했다.

검을 들고 움직이는 것보다 이렇게 편안한 자세로 마나연공법을 시전하는 것이 더 많은 마나를 끌어 모을 수 있다. 그럼에도 불구하고 검을 휘두르는 동공 형태의 마나연공법이 정착된 것은 신체 단련을 동시에 겸할 수 있는 장점 때문이다.

몸을 움직이기 여의치 않으니 최대한 마나를 모으는 행동밖에 할 수 없었다.

그 모습을 지켜보며 두 사람이 서로 수군거렸다.

"저러면 힘들지 않나?"

"저렇게 있는 게 오히려 낫지."

리즈가 갇힌 감옥에는 세 사람이 함께하고 있었다. 덩치가 큰 중년인은 론드란 이름을 가졌고, 체격이 왜소한 중년인의 이름은 잭이었다. 나머지 한 사람은 리즈와 비슷해 보이는 어린 소년이었다. 그는 구석에서 리즈와 비슷한 자세로 마나를 운용하고 있었다.

훨씬 어린 나이의 소년임에도 둘이 함부로 대하지 못하는 것에는 이유가 있다.

오래 전, 수십 명을 죽인 살인범이 감옥에 들어온 적이 있었다.

그는 기선 제압을 위해 눈독을 들인 것이 바로 소년이었다.

틈이 날 때마다 시비를 걸었지만 개의치 않았고 부아가 치민 살인마는 어느 날 갑자기 식사 도구를 흉기로 공격을 감행했다.

하지만 도리어 당한 것은 살인마였다. 간단한 한 수에 무너지면서 그때부터 소년을 건드리는 사람은 아무도 없었다.

잭과 론도는 악질들만 갇힌다는 감옥에 있는 사람답지 않게 천성이 착했다.

그 중 론드는 큰 덩치와 험악한 인상을 지닌 것과 달리 순한 성격을 지니고 있었다. 하지만 흉흉한 세상에 착한 성격은 오히려 독이 되고 말았다.

나무꾼인 그는 나무를 하고 오던 으슥한 밤에 한 여인의 찢어지는 비명 소리를 들을 수 있었고, 강제로 여성을 추행하려는 남자를 보게 되었다.

뒤도 안 가린 그는 곧장 남자에게 달려들었고, 치열한 육탄전 끝에 쓰러뜨릴 수 있었다.

문제는 그 다음이었다. 쓰러질 때 머리부터 떨어진 남자는 그대로 즉사했던 것이다. 여자는 겁에 질려 도망쳤고, 하필

론도가 죽인 남자는 백작가 행정관의 조카였다.

감옥에 갇힌 그는 행정관의 농간으로 콜로세움에 직행하게 되었다.

론도는 주먹을 불끈 쥐며 중얼거렸다.

"난 반드시 살아남을 거야. 그리고 떳떳하게 내 아내와 딸에게 돌아가겠어."

"아아, 나도 마찬가지다."

잭도 그 말에 동조했다. 왜소한 체구로 인해 얕보기 십상이지만 가늘게 찢어진 독사눈은 섬뜩한 느낌을 주었다.

그는 뒷골목 건달 출신이다. 부하들을 제 가족처럼 여긴 그는 성장세를 두려워한 두목과 부하들에게 배신을 당하고 누명을 썼다.

그것도 그가 가장 경멸하고 싫어하던 인신매매의 누명을 쓴 것이다.

"살아 나가 그 개자식들을 찢어죽이겠어."

콜로세움은 형벌 중 가장 잔인한 것으로 치부되는 이유가 되었다.

그것은 바로 참가하는 죄인들에게 살아나갈 수 있다는 희망을 선사하기 때문이다.

총 세 차례 벌어지는 전투에서 살아남으면 모든 죄를 사면받고 나올 수 있다.

하지만 그것은 바늘구멍을 통과할 만큼 극악한 확률을 자랑했다.

천 명을 기준으로 한다면 살아남는 것은 불과 한두 명이었다. 그나마 그들도 팔다리가 잘려나가거나 심각한 부상으로 나온 지 얼마 되지 않아 죽음에 이른다.

그럼에도 살아남을 수 있다는 희망은 죄인들을 필사적으로 만든다.

그것이 콜로세움을 방문한 자들에게 더 큰 재미를 선사하는 것을 모른 채 말이다.

각자 살아나가야 할 이유를 품고 있다.

리즈 또한 마찬가지. 마나 운용을 멈춘 그는 얼마 전 방문했던 라파드가 전한 말을 떠올렸다.

'미리 준비하고 있었으니 다행이군. 남은 것은 이곳을 벗어나는 것뿐.'

눈을 뜬 그는 앞에 앉아 있던 소년과 눈을 마주쳤다.

둘은 서로를 바라보며 한동안 아무 말도 하지 않았다.

와아아아!

거센 함성이 콜로세움을 가득 채웠다.

수용 인원 삼만여 명이 넘는 콜로세움은 왕국 건국 기념 당시 세워졌고, 국왕 직할령으로서 신선한 오락을 선사하던 곳이다.

그러다 이백 년 전 공을 세운 기사에게 작위를 내리고 영지를 하사하니 지금의 플레이드 백작가 시조였다.

영지전이 길어지면서 그동안 콜로세움은 제 기능을 하지 못했다.

그러다 그론델 후작가와 영지전을 끝내고 콜로세움에서 검투 경기를 벌인다고 하자 순식간에 삼만여 석의 자리가 꽉 찼다.

플레이드 백작은 먼저 온 손님을 반겼다. 그는 불과 얼마 전까지 대립의 칼날을 세우던 그론델 후작이었다.

"이곳까지 와주셔서 감사하오."

"별말씀을. 이 정도 성의를 보이니 직접 행차하는 것쯤이야."

입매를 비틀며 비웃음을 띠었지만 플레이드 백작은 아무 대꾸도 하지 않았다.

두 가문의 영지전이 끝날 수 있었던 것은 서로의 이해가 가까스로 일치해서였다.

플레이드 백작은 그론델 후작가로 사신을 파견하여 자신의 의견을 전했다. 빼앗은 영토 일부를 되돌려줄 것이란 내용이다.

평소의 그론델 후작이라면 그 제안을 받아들이지 않았을 것이다. 하지만 뒷면에 숨겨져 있는 또 다른 내용은 이를 받아들이게 했다.

'제 자식까지 희생시키는 야심가라……'

데로시 남작의 의견을 받아들여 계책을 실행했고, 루시아의 암살을 시도한 것을 뒤집어씌우는 데 성공했다. 플레이드 백작은 아들과 이익 사이에서 고민했을 것이다. 그런데 그는 놀랍게도 아들이 아닌 이익을 선택해버렸다.

그에 더해 그론델 후작가를 지긋지긋하게 괴롭히던 몇몇 인물을 검투 경기에 내세우겠다고 했다.

그론델 후작으로서는 한 수 굽히고 들어오는 플레이드 백작의 제안을 받아들였다.

그 이면에는 이익을 위해서라면 자신을 믿고 따른 부하와 아들마저 버리는 그의 비정함에 질려버린 것도 없지 않았다.

긴 대화는 필요하지 않았다.

한껏 비웃음을 띤 그론델 후작이 플레이드 백작을 지나쳐 콜로세움 안으로 들어섰다. 국왕이 공중을 선 휴전 협정을 맺은 이상 걱정할 이유는 어디에도 없었다.

"……."

특실로 사라진 그론델 후작의 뒷모습을 쫓던 그는 얼마 후 도착한 손님을 맞이했다.

카리온 공작가의 손님이었다.

"어서 오시지요."

"백작님이 직접 마중 나올 줄은 몰랐습니다."

"이 정도는 당연히 해야 하는 일입니다."

"그리 말씀하시니 더 언급하지 않겠습니다. 그보다 암살을 사주한 것이 누구입니까?"

플레이드 백작의 시선이 엘카스 백작 곁에 서 있는 루시아에게 향했다가 즉답을 피했다.

"그건 잠시 후, 검투 경기가 시작되면 말씀드리겠습니다. 안으로 모시지요."

엘카스 백작의 표정이 기이하게 바뀌자 곧바로 안내하는 그였다.

"범인은 어떤 방식으로 처리할 생각입니까?"

"몬스터도 있고, 맹수도 있지만 그것은 너무 익숙한 형태입니다. 하여 그들이 더 큰 희망을 가질 수 있도록 사전에 언급할 예정입니다."

플레이드 백작의 설명은 이러했다.

보통 검투 경기는 맹수와 몬스터를 거친 뒤 마지막으로 정규 병사와 겨룬다.

일반 검투사들은 몬스터까지 잡을 수 있지만 진영을 갖춘 병사들의 공격에 속절없이 당하고는 한다.

하지만 이번에는 그 룰을 바꿔 맹수도, 몬스터도 없었다.

오로지 한 번의 대결로 살아남을 수 있다고 말함으로써 그들의 희망을 증폭시킬 생각이었다.

"그들이 상대할 자들은 정규 기사입니다."

"기사들에게?"

"고참 기사들도 섞여 있지만 대부분 젊은 기사입니다. 그들의 실전 경험을 쌓게 할 생각입니다."

"녀석은 희망에 들떠 있다가 기사를 보고 곤두박질치겠군요."

"맞습니다."

그의 의도를 알아차린 엘카스 백작은 흡족한 미소를 지었다. 가장 잔인한 형벌에 괴롭히는 심리적인 면모까지 넣었으니 충분히 만족할 만한 형벌이었다.

"기대가 되는군요. 그자가 어떤 절망을 가질지."

플레이드 백작은 옅은 미소로 답을 대신했다.

그의 이러한 의도는 죄수들에게 먹혀들었다.

세 번이 아닌 단 한 번의 경기에서 살아남으면 된다고 하자 그들은 잔뜩 들떠 소리쳤다.

"한 번만 버티면 된다고? 됐어! 우리는 살아남을 수 있다고!"

"버티자! 살아서 나가는 거야!"

이곳에 모인 자들은 절반이 악독한 죄를 저질렀고, 다른 절반은 희생양이었다.

전쟁에서 공을 세웠다가 눈 밖에 난 뒤 마나 홀이 부서진 채 온 전직 기사도 있고, 모함을 받은 자도 있다.

죄수복을 입은 채 달랑 한 자루의 무기만 주어지지만 충분히 살아남을 수 있을 거란 희망에 물들어 있었다.

리즈는 조용히 분위기를 살피며 생각에 잠겼다.

"잠깐 하고 싶은 말이 있는데."

"……?"

고개를 돌리니 같은 방에 수감되어 있던 소년이 다가와 있었다. 기척조차 감지하지 못하자 리즈는 가슴이 서늘하게 가라앉았다.

범상치 않다는 것을 알고 있었지만 자신의 눈을 속일 정도일 줄은 모르고 있었다.

"스캔."

리즈는 작은 목소리로 마법을 시전했다. 상대의 대략적인 수준을 가늠할 수 있는 마법이었다.

파직!

하지만 스캔 마법은 소년의 몸을 투영하기 전에 튕겨나갔다.

"음!"

가볍게 스캔 마법을 캔슬시키는 것을 본 리즈가 낮은 신음을 흘렸다.

이런 경우 둘 중 하나다. 항마력이 상상 이상이거나 마나로 신체를 완벽하게 보호할 수 있는 경지에 도달했거나.

그 또한 마법의 기척을 감지하고 눈을 빛내며 말했다.

"마법인가?"

"그럼 셈이지."

"살아나갈 자신이 있나?"

"글쎄."

"확신이 없다면 나와 힘을 합쳤으면 좋겠는데."

그의 말은 의외의 것이었다. 감옥 안에 있을 때는 아는 척도 하지 않더니 이제 와서 말을 거는 이유가 궁금했다.

"산에서 검을 갈고 닦다 세상에 나와 부조리함을 느꼈지. 그것을 납득하기 위해서 시간이 필요했다. 하지만 이곳은 만만치가 않은 것 같아. 나 혼자 모든 것을 헤쳐 나가기보다 힘을 합칠 동료가 필요하다."

"그게 왜 나지?"

"믿음에 차 있으니까. 너의 눈빛은 실력에 대한 확신이 없으면 나올 수 없다."

"……"

확신 어린 그의 말을 듣고 리즈는 동요했다.

눈빛 하나만으로 그렇게 생각을 굳힐 거라고는 생각지도 못했다.

"내가 실력이 없다면?"

"사람 보는 눈이 부족한 나를 탓해야겠지. 하지만 내가 본게 맞다면 나는 믿을 수 있는 동료를 얻은 거겠지."

둘은 한동안 서로의 눈을 응시했다.

만난 시간도 짧고 믿음을 보여준 적도 없다.

하지만 둘에게는 공통적인 목표가 있었다.

이곳에서 살아나가고 싶다는 것.

그것을 위해서는 없던 믿음도, 없던 신뢰도 만들어내야

했다.

"좋아, 힘을 합치겠어. 뭘 할 수 있지?"

이미 알고 있었지만 확신을 위해 질문을 던졌다.

"나는 검사다. 너는 뭐지?"

"난 마법사다."

"좋군, 잘 골랐어. 내 이름 아스렌. 위대한 검의 계승자다."

소년의 입가에 미소가 맺히며 자기소개를 했다. 리즈 또한
마찬가지다.

"난 리즈. 어느 늙은이에게 속아 이 신세가 되었지."

덜컹!

그때 문이 열리며 간수 한 명이 들어왔다. 죄수들을 보며
이죽거리고 시비 걸기를 주저 않던 악질이다. 그는 비릿한 미
소를 지은 채 말했다.

"가야 할 시간이다. 모두 알아서 살아남아보라고."

뒤이어 들어온 간수들에게 인도된 죄수들은 무기고에서
하나씩 꺼내들기 시작했다.

저 통로 너머에서 전해지는 우렁찬 함성 소리를 들으며 리
즈는 주먹을 움켜쥐었다.

'세상에 외쳐주지. 힘이 없던 자가 힘이 생기면 어떻게 변
하는지.'

그의 눈은 날카롭게 빛을 뿌리고 있었다.

와아아아! 우우우우!

　죄수들이 하나둘씩 모습을 드러내자 함성과 동시에 야유가 터져 나왔다.

　그들을 지켜보던 엘카스 백작이 표정을 찌푸렸다. 보기만 해도 기분이 나빠지는 자들이었다.

　"흐음, 하나같이 악질처럼 보이는군."

　"영지전을 틈타 도적이 창궐하고 강도를 일삼던 자들입니다. 그 죄질은 죽어 마땅하죠."

　"누가 암살을 사주한 겁니까?"

　"아직 나오지 않은 듯합니다. 잠시 후, 나올 것입니다."

　삼만여 명의 관중이 지르는 함성과 야유에 죄수들은 움츠러든 기색이 역력했다.

　경기장에 나타난 죄수의 숫자는 삼십여 명이었다.

　마나로 안력을 돋워 살피던 엘카스 백작이 누군가에게 시선이 고정됐다.

　아직 어린 티가 가시지 않은 금발의 소년이었다. 고생한 흔적이 역력했지만 그 정도로 외모를 몰라볼 그가 아니었다.

　놀란 그가 대답을 바라는 눈으로 보자 플레이드 백작이 담담히 말했다.

　"그렇습니다. 제 아들이자 공녀를 구한 것으로 알려진 리즈가 암살을 사주한 범인입니다."

"……"

그의 대답에 엘카스 백작은 자기도 모르게 주먹을 움켜쥐고 말았다.

상식적으로 말도 안 되는 일이다. 리즈는 루시아를 구하기 위해 몸을 던지면서 부상을 입었다. 그런 그가 무슨 이유로 암살을 사주한단 말인가.

하지만 플레이드 백작은 표정 하나 바꾸지 않은 채 말을 이어나갔다.

"리즈는 공녀의 환심을 사고자 했습니다. 그리고 암살을 사주한 뒤 자신은 곁에서 공녀를 구할 기회를 엿보았습니다. 때마침 곁에 있던 것도, 부상을 입은 것도 모두 의도된 것이었습니다."

그럴 듯하지만 그게 사실이 아니란 건 누구보다 잘 알고 있었다.

하지만 함부로 반박할 수 없었다.

아무런 증거도 없이 말하면 플레이드 백작을 모욕한 꼴이 되기 때문이다.

'이런 거였나.'

자기도 모르게 루시아를 바라보는 엘카스 백작이었다.. 표정 변화 없이 경기장을 뚫어지게 보고 있는 그녀를 보면서 마음이 아파왔다.

"제 아들이지만 저지른 죄는 명백합니다. 그의 최후를 보면서 노여움을 잊어주시길."

살짝 고개를 숙인 플레이드 백작이 밖으로 나갔다. 인상을 찌푸리고 있던 엘카스 백작의 귀로 뭔가 부서지는 소리가 들려왔다.

콰지직.

"루시아."

그의 시선 끝에는 팔걸이를 종이처럼 구겨버린 것이 눈에 들어왔다.

루시아의 표정은 그대로다. 하지만 알 수 없는 기세는 마스터인 그조차 위화감을 느낄 정도로 매서웠다.

"삼촌도 그가 범인이라 생각하나요?"

"뭔가 있는 듯하다. 수작을 부린 게 아닐까 싶다."

"제 생명을 구한 남자가 저렇게 죽는 걸 원치 않아요. 구할 수 없을까요?"

"그건 불가능하다. 이미 늦은 게 아닐까 싶구나."

"……."

불가능이란 단어를 제일 싫어하는 엘카스 백작이 그리 말하자 루시아의 시선이 경기장으로 향했다.

맞은편에서 기사들이 입장하자 죄수들의 얼굴이 시커멓게 죽어갔다. 리즈의 얼굴에는 표정 변화가 없었지만 속마음은 다른 죄수들과 다르지 않았을 것이다.

'…약해.'

스스로에게 무력감을 느꼈다.

짧은 시간이지만 그동안 수련을 해오면서 강해졌다는 걸 실감할 수 있었다.

하지만 그 강함도 지금 상황을 타파하지 못했다.

무력했다. 자신이 그동안 무엇을 위해 수련해왔는지 목적을 찾을 수 없었다.

"루시아!"

질끈 깨문 입술에서 붉은 피가 흘러내리고 있었다. 엘카스 백작의 놀란 외침이 들려왔지만 그녀는 개의치 않고 시선을 고정했다.

와아아아! 우우우우!

죽어라! 죽어!

경기장 안으로 들어서자 전신을 강하게 짓누르는 야유가 터져 나왔다.

콜로세움에 온 그들은 사실의 일부분을 전해 들었다. 카리온 공작가에서 온 손님에게 암살을 사주한 자가 이 자리에 있다는 것을.

자칫 잘못해서 영지 전체를 전쟁으로 휘몰아 넣을 뻔한 사주범을 향해 아낌없이 야유를 퍼부었다.

"이런 건가."

리즈는 마음이 편해지는 것을 느꼈다.

오늘 이 자리에서 자신이 악역이라는 걸 이해하면 모든 부담감이 사라진다.

곁에 선 아스렌을 보니 손에 맞지 않는 듯 검을 고쳐 쥐면서 인상을 찌푸리고 있었다. 어디에도 관중들이 퍼붓는 야유에 신경 쓰는 기색이 보이지 않았다.

"뭉치자. 뭉쳐야 살 수 있어."

"우리 같이 살아남자고."

리즈와 아스렌을 향해 론도와 잭이 다가왔다. 착하고 의리 있는 그들은 아직 어린 소년에 불과한 둘을 그냥 지나치지 못한 것이다.

그 외에 다른 자들은 각기 뭉쳐 무기를 움켜쥐고 전의를 불태웠다. 살아남을 수 있다는 희망이 그들을 더욱 고무되게 만들었다.

"살아남자!"

"우리는 살 수 있다!"

"살자! 살자!"

두려움을 털어내려는 듯 크게 목소리를 높이면서 무기를 치켜들었다.

하지만 그들의 그런 외침은 관중들의 야유에 묻혀 버렸다.

잠시 후, 맞은편에서 오늘 상대할 자들이 모습을 드러내자 죄수들은 비명을 터뜨리기 시작했다.

"맙소사! 말도 안 돼!"

"모, 모두 기사야!"

"빌어먹을! 이러면 어떻게 살아남는단 말이냐!"

콜로세움에서 대개 마지막 관문은 정규 병사였다. 죄수들이 살아남을 수 있다고 생각한 것도 병사들을 피해 도망칠 수 있다면 충분히 시간을 끌 수 있어서였다.

제한 시간이 종료되면 그때까지 살아남은 죄수는 자유를 찾는다.

그러나 기사가 모습을 드러낸 순간 그들의 희망은 절망이 되었다.

마나를 운용하는 그들의 신체 능력은 일반인에 불과한 죄수들이 벗어날 수 있을 리 만무했다.

"기사라, 상대로서 손색은 없군."

"뭐? 손색이 없어? 지금 죽느냐 사느냐가 달렸는데 그딴 말이 나오냐?"

아스렌의 말에 잭이 인상을 구기며 타박했다. 하지만 그는 개의치 않은 채 검을 거듭 고쳐 쥐고 있을 뿐이었다.

"기사들이라……."

이미 나온 이상 저들을 상대로 버텨내야 살아남을 수 있다.

몇몇 고참 기사를 제외하고 그들 대부분이 서른 전후의 젊은 기사들이다. 리즈는 그중 한 명의 얼굴이 익숙하다는 걸 깨달았다.

"칼스."

다른 기사 못지않게 큰 체구였지만 아직 앳된 티가 나는 그는 칼스였던 것이다. 마침 그도 리즈를 보고는 입꼬리를 말아 올리며 웃음을 지었다.

"결국 날 죽이고 싶다는 거군."

저렇게 솔직하게 나오니 홀가분했다.

이러면 자신도 거침없이 행동으로 옮길 수 있을 테니.

리즈는 입꼬리를 말아 올렸다.

관중들의 야유도, 잘 벼려진 기사들의 검과 살기도 모두 자신을 위해 준비된 무대 같았다.

규칙 설명 같은 것도 없었다.

무슨 수를 써서라도 살아남으라는 말과 함께, 증폭 마법이 걸린 알람이 울려 퍼지자 관중들의 함성이 우레와 같이 터져 나왔다.

우와아아아아아!

콜로세움을 가득 채우는 함성 소리를 시작으로 검을 움켜쥔 기사들이 다가오기 시작했다.

일방적인 사냥이었다.

살아남겠다며 의지를 다지던 죄수들은 오합지졸이었다.

기사들의 접근에 삼삼오오 모여 있던 그들은 슬금슬금 뒤로 물러나더니, 이내 뿔뿔이 흩어지기 시작했다.

여유롭게 토끼몰이를 하던 기사들은 도망치는 죄수들부터

처리해나갔다.

인간은 추악했다.

죽음 앞에서 그들은 초연하지 못했다.

살아남기 위해 함께 뜻을 같이하던 동료를 넘어뜨렸고, 부상 입은 동료를 제물로 하여 제 목숨을 연장시켰다.

와아아아!

죄수들의 피가 바닥을 적실 때마다 관중들의 함성 소리가 울려 퍼졌다.

그 모습을 보면서 리즈는 죄수들을 경멸하지 않았다. 자신이 그들의 입장이었더라도 살아남기 위해서 무슨 수를 썼을 것이다. 살아남기 위해 비겁해지는 것은 인간으로서 당연한 일이었다.

"검이 좋지 않군."

죄수들이 죽어나가는 가운데, 아스렌은 낡아빠진 검을 보며 미간을 찌푸렸다.

"도와줄까?"

"그러고 보니 마법 중 보조 계열이란 게 있던 것 같은데."

"물론이야. 신체 능력도 향상시켜줄 수 있어."

"그럼 부탁하지."

고개를 끄덕인 리즈의 손에 어느새 태블릿 PC가 들려 있었다. 캐스팅 애플리케이션을 작동시킨 그는 곧바로 날카로움(Sharpness)와 힘(Strength), 빠름(Fast) 마법을 걸어주었다.

하나하나 적용되기 시작하자 아스렌의 얼굴에 놀라움이 서렸다.

"이래서 사람들이 마법을 좋아하는 거로군."

우우웅!

낡았지만 날카로움이 생긴 검에 푸른 오러가 생성되기 시작했다.

지척에 다가온 기사의 놀란 표정이 눈에 들어왔다. 아스렌은 지체하지 않고 그에게 달려들어 검을 휘둘렀다.

쩌엉!

놀랍게도 그는 정규 기사와 맞붙어도 밀리지 않는 모습을 보였다. 마법의 도움을 받은 그는 빠른 몸놀림과 강렬한 검격으로 기사를 몰아붙였다.

그 모습을 보면서 리즈는 인상을 찌푸렸다.

"함께 힘을 합치자고 하더니 혼자 치고 나가면 어쩌라고."

아스렌이 나감으로써 생긴 공간에 기사 한 명이 살기를 띠고 접근했다.

론도와 잭이 무기를 들고 앞을 막아섰다. 용기있는 모습이지만 뒤에서 그들의 몸이 걷잡을 수 없이 떨리는 게 고스란히 눈에 들어왔다.

리즈의 시선이 태블릿 PC에 고정되었다.

이제 믿는 수밖에 없다.

"으아아아!"

달려드는 기사를 보면서 론도가 눈을 질끈 감는다. 저래서는 기사의 검에 제물이 되기 십상이었다. 그나마 잭이 평정을 유지하고 있지만 오러가 생긴 검에 견뎌낼 확률은 극히 적었다.

"체인 라이트닝!"

마나를 주입하며 태블릿 PC를 내민 리즈가 외치자 액정 화면이 빠르게 바뀐다. 1단계 라이트닝과 응용 수식이 찰나의 순간 계산되더니, 시동어와 함께 4단계 뇌전 마법 체인 라이트닝이 눈부신 속도로 쏘아진다.

파지직!

하늘을 뒤덮은 금빛 뇌전이 기사에게 쇄도했다.

갑자기 등장한 마법에 놀랐지만 오러가 뒤덮인 검으로 체인 라이트닝을 튕겨냈다.

꽈과광!

"읏!"

가까스로 마법을 막아냈지만 검에 서린 오러가 산산조각 났다.

상대가 마법사라는 것에 기사는 놀라며 몸의 중심을 앞으로 기울였다. 근접전에 약한 특징을 떠올리며 캐스팅하는 순간 습격하려는 것이다.

그 순간 그의 앞에 도달한 것은 3단계 마법 파이어 볼이었다.

기사의 얼굴에 놀라움이 번졌다. 4단계 마법을 부췄는데 곧장 3단계 마법을 구사하다니? 상식을 뒤엎는 반전에 경악성을 터뜨렸다.

"마, 말도 안… 끄아악!"

불에 휩싸인 기사는 몸을 뒤틀며 괴로워했다. 몸이 타들어가는 고통은 단련된 기사조차 참기 힘들 만큼 상상을 초월했다.

철그렁.

갑옷을 입은 채 새까맣게 타버린 기사의 시체가 힘없이 경기장 바닥에 쓰러졌다.

"……."

경기장, 아니 콜로세움 전체에 침묵이 번져나갔다. 죄수들의 죽음에 즐거워하던 관중들도, 여유롭게 사냥을 즐기던 기사도 침묵했다.

리즈는 하늘을 바라보았다.

찬란한 빛을 뿌리는 저 태양처럼 힘을 얻은 자신은 누구의 눈치도 보지 않고 하늘 위에서 군림할 수 있다.

"사냥을 시작하는 건 나야."

밝은 미소는 그들에게 처음이자 마지막 악몽을 선사하고 있었다.

『컴플리트 메이지』 제2권에 계속…

NOMEN
노멘

이영균 장편 소설

억울한 누명으로 인한 감옥살이 1년.
직장, 친구, 애인도… 모두 떠나 버렸다.

911테러 이후, 극비리에 진행된 프로젝트.
그리고 그 결과물, 슈퍼컴퓨터 HAL8999

대한민국의 평범한 청년 동범과
인류가 만든 최고의 컴퓨터에서 깨어난 존재의 만남.

Nomen est omen 이름이 곧 운명!

인류의 미래를 가르는 사건은
이 우연한 만남으로부터 시작되었다.

Book Publishing CHUNGEORAM

유행이 아닌 자유추구 -
WWW.chungeoram.com

NOMEN

노멘

이영균 장편 소설

**억울한 누명으로 인한 감옥살이 1년.
직장, 친구, 애인도… 모두 떠나 버렸다.**

911테러 이후, 극비리에 진행된 프로젝트.
그리고 그 결과물, 슈퍼컴퓨터 HAL8999

대한민국의 평범한 청년 동범과
인류가 만든 최고의 컴퓨터에서 깨어난 존재의 만남.

Nomen est omen 이름이 곧 운명!

**인류의 미래를 가르는 사건은
이 우연한 만남으로부터 시작되었다.**

Book Publishing CHUNGEORAM

유행이 아닌 자유추구 -
WWW.chungeoram.com

오 채지 新무협 판타지 소설

十兵鬼
십병귀

마교가 무림을 일통한 지 십 년. 강호의 도의는 땅에 떨어지고 오작 칼의 법척만이 지배하는 환란의 시대는 끝날 기미를 보이지 않았다. 그러던 어느 날, 혼마(魂魔)가 죽었다. 오십 세에 혼세신교(混世神敎)의 교주로 등극, 구십 세에 구주팔황과 사해오호를 정복한 철의 무인은 고락을 함께 했던 수백 명의 마군(魔軍)들이 지켜보는 가운데 조용히 숨을 거두었다. 그리고 삼 년 후, 한 사람이 신교를 떠났다.

마도의 하늘 아래 살 수 없는 자, 금사도(金砂島)로 오리.

신비로운 열 개의 병기, 내력을 알 수 없는 저내, 그를 만나기 위해 찾아온 수많은 사람들의 금사도를 향한 여정은 과거에도 없었고 앞으로도 없을 대살성의 탄생을 예고하는 서막이었다.

Book Publishing CHUNGEORAM

유행이 아닌 자유추구 ~
WWW.chungeoram.com

CASTLE OF ANOTHER WORLD

강한이 장편 소설

이계 마왕성

『이계만화점』의 작가 강한이가 돌아왔다.
그가 전하는 신개념 마왕성의 이야기!

가족을 잃고 더부살이로 받던 설움을 떠나
서울로 상경해 우연히 얻은 셋방
그곳 지하실에서 채빈의 불행한 인생이 뒤엎어진다!

이계마왕성!

그곳에서 배워라, 지혜가 되리라!
그곳에서 얻어라, 내 것이 되리라!

마왕이 아니다, 마왕성을 이용하는 현대인일 뿐.

마왕성의 사나이, 그가 이제 날아오른다!

Book Publishing CHUNGEORAM

유행이 아닌 자유추구 -
WWW.chungeoram.com

귀월
鬼月

참마도 新무협 판타지 소설

"하늘의 달은 벗 삼아도
땅 위에 떠오른 달은 피하리.
그 달 아래 춤을 추는 자,
사람이 아니라 귀신일지니……"

뜨거운 대지 위에 차가운 달이 떠오른다.
희뿌연 검광과 피가 흩뿌려지고
망자의 혼이 허공에서 춤출 때
귀역의 사자가 그곳에 있을 것이다.

유행이 아닌 자유추구 –
WWW.chungeoram.com
Book Publishing CHUNGEORAM